言葉は選ぶためにある

江戸から見ると

田中優子

青土社

言葉は選ぶためにある　——江戸から見ると　目次

I　江戸から見ると 2022年

Ⅱ　江戸から見ると 2023年

Ⅲ　時代を読む 2021年〜2023年

言葉は選ぶためにある

——江戸から見ると

まえがき

「言葉は選ぶためにある」と言われても、「そりゃそうでしょ」と思うだけであろう。しかし昨今の「言葉の軽さ」に、私は驚愕するばかりだ。改めてこの「言葉の問題」を考えたくなっている。そこで本書一二二ページに掲載されている、連載コラム「江戸からみると」（毎日新聞二〇二三年二月一五日夕刊）に書いた一文の題名を使うことにした。

例えばSNSでの暴言は、その言葉選びが乱暴で人の気持ちをざわつかせるものであればあるほど人々がそこにアクセスし、「フォロワー」と呼ばれる集団となり、その塊を対象にした広告料が発言者に支払われる、という奇妙な構造を持っている。人を貶めれば金が入る、という暴力の循環が生み出されるわけで、これによって多くの人の心と命が奪われている。それについては、本書二〇六ページに掲載した東京新聞のコラム「公金とコスプレ」でも言及した。

フォロワー数と広告料の関係は、テレビにおける「視聴率」とスポンサー企業の関係と同じなのだが、テレビの方が格段とマシに思えてしまうのは、テレビ局がその内容に一定程度の責任を持ち、裏《うら》をとるからである。SNSの発信者は本名を出さない、発言した内容の根拠を示さない、そして責任を取らない。

さらにテレビでも、あるいはインターネットの情報番組でも、たった一人で喋り続けることは稀《まれ》である。たいてい会話や座談をしている。そこには人間関係の現場があり、発言には即座に疑問や批判を返し、方向を変えることができる。他方SNSでは、思いついた愚痴を一人で思う存分にぶつけることができる。ストレスの解消にはなるのだろうが、二つの点で極めて残念なことが起こる。

一つは、発信した以上社会に拡散され、その言葉がその人の人格と見做されることだ。私たち人間は社会的動物なので、関係の中で生き、関係の中で自分を作る。「私はこうありたい」という理想も持つ。その理想に少しでも近づくために、頭に浮かんだ感情や考えは一旦そこに置き、それをどういう表現で外に出すべきか熟考した上で発言する。その積み重ねが「その人」になる。残念の一つは、そこでおこなわれる自己創造の機会を逃し続けることだ。

もう一つの残念は、日常とは異なる格段と広い言葉の海に、出会えないことだ。私たちは誰でも、言語化し難い感情や想念の「ひだ」を持っている。世間の価値観、平均的な考え方、型にはまった発想とはどこか違う感情や考えを抱えていると、それが世間とずれていればいるほど、なかなか言葉にならない。しかし諦めず、世間の言葉でごまかさず、絞り出すように言語化することによって、自分の心の深いところに潜む秘境に気づく。その秘境には必ず、同感する人がいるものだ。その同感は、世界を豊かに多様化する。

皆で同じ言葉を発するのではなく、はやり言葉に呑み込まれるのでもなく、言葉の海から、自らの心に沿った一しずくを見つけることを重ねて、心の深いところまで降りて行こう。「言葉は選ぶためにある」では、それを言いたかった。

本書は毎日新聞の連載コラム「江戸から見ると」の二〇二二年一月から二三年三月二九日最終回までの一年三ヵ月の文章と、東京新聞の連載コラム「時代を読む」の二一年八月〜二三年一二月三一日までを収録している。

「江戸から見ると」は法政大学総長になった翌年、二〇一五年四月から始まった。二〇一五年から一七年の連載は『江戸から見ると 1』として、一八年から一九年の連載は『江戸から見ると 2』として、二〇年一〇月に青土社から刊行された。さらに二〇年から二一年の連載は『女だろ！――江戸から見ると』として、二三年一一月に同じく青土社から刊行されている。これは『江戸から見ると 3』にあたるのだが、編集者の発案で、三冊目はコラムの題名を一つ採り出して本の題名にした。『江戸から見ると 4』にあたる本書も同様に、コラムの題名を本の題名とした。

「江戸から見ると」の最初から最後までを四冊の本にまとめてくださり、題名の提案もしてくださった青土社編集部の足立朋也さんに、深く感謝したい。

I　江戸から見ると 2022年

落語と遊廓

『遊廓と日本人』という拙著についてはすでに書いたのだが、田中敦さんの『落語と歩く』（岩波新書）を読んで驚いた。落語への登場回数の多い地名を表にしている。その中でトップが江戸の「吉原遊廓」なのである。その数九二二演題。「なか」という吉原遊廓内を意味する言葉も五位で三〇七演題、「大門」という吉原の門は六位で二六八演題、「仲の町」という吉原の通りは一七位で一四二演題、「日本堤」という吉原に行く道は二〇位で一二九演題、「山谷堀」という日本堤に出るまでに舟で移動する堀が三〇位で九三演題。合計一八六一演題。重複して語られているとしても、他の地名よりも圧倒的に多い。上方落語にも「新町」という遊廓は登場するが、船場や道頓堀に比べると少ない。

遊廓を舞台にした「くるわ噺《ばなし》」は落語の内容によって分類されたものなので、その数はさほど多くない。ということは内容に関わりなく、吉原はさまざまな噺の端々に象徴的に出てくる場所だったのだろう。理由はいくつかある。まず「木乃伊《みいら》取り」や「明烏《あけがらす》」など、遊廓を嫌っていた人が実際に吉原に足を運んだことで魅了されてしまう噺がある。「幾代餅《いくよもち》」「紺屋高尾《こうやたかお》」「雪の瀬川」など、遊女の人間的な素晴らしさを語る噺もあれば、ずるい遊女にだまされる噺もある。そして「二階ぞめき」のように、実際の吉原は登場せず、自分の家の二階にそれを作ってしまう噺まである。そこまでいくと吉原とは現実を忘れさせる天上世界、竜宮城なのだと納得できる。

しかし完璧な別世界を作るために犠牲になったのは女性たちだ。借金返済のために、きらびやかな生活の背後に閉じ込められ、まともな食事もできなかった。大事な教訓だ。大きな収益ときらびやかな世界の裏には、それを支える犠牲が必ずある、ということだ。江戸文化を支えていた女性たちのことを、やはり知っておかなくてはならない。

（'22・1・5）

身を修める

江戸時代の藩校・私塾における学びについて話す機会がある。その際、気になるのが江戸時代の教科書「大学」に書かれている「修身」と、戦前に学校で使われた修身の意味の大きな隔たりである。

「大学」においては、身を修めるとは「心を正しくする」ことだ。たとえば「忿懥《ふんち》」つまり怒りを感じていれば、心正しい状態ではない。「恐懼《きょうく》」つまり恐怖心があっても、「好楽」つまり楽しみをむさぼっても、「憂患」つまり悲しんでばかりいても、心は正常ではない。そういう状況下では視《み》れども見えず、聴けども聞こえず、つまり集中力が甚だ欠ける。従って自分を制御して心正しい状態でいること。これが「身を修める」ことだ。これは「個人」を軸にした自己制御の必要性を述べているのであって、もっともなことだ。

一方、教育勅語に始まる修身とは「道徳教科」という意味だ。従って時の政府によって、その内容は変わる。明治初期は「修身」が moral science の翻訳語として使われた。内容も翻訳文が多かった。しかし、一九〇四年から国定修身書の使用が開始された。日露戦争後の一〇年に改定された第二期国定修身教科書には、近代市民道徳ではなく儒教的な家族倫理が強調され、「家族国家観」が出現する。自民党の憲法改正草案の基本になっている家族国家観は、戦前のこのあたりの時代に戻ろう、ということなのだろう。

満州事変後には「臣民」としての道徳になり、米英に宣戦布告して太平洋戦争が始まった四一年の第五期国定修身教科書では、「皇国民」としての道徳が重視された。教科書は戦争とともに内容を変えていったのである。

社会に生きる人間としての自己制御の必要という当たり前のことや近代社会を構成する市民のモラルというあるべきことが、政治によってここまでゆがめられたことに驚く。むろん現代も要注意だ。

（'22・1・12）

水俣学

熊本学園大は二〇年間にわたって「水俣学講義」を継続している。これは大事な実践だ。リモート講義の比重が大きくなった時こそ、その大学の立地する地域の研究が重要になる。なぜなら、そこに行くことができない人々に、その地域の情報を発信できるのは、そこにある研究拠点だけだからだ。その土地で大きな問題が起きたときは、いっそう研究を継続し、次の世代に伝えていく義務がある。それこそが地域の固有性と時代の普遍性が交差する課題の発見につながる。

水俣事件はまさにそういう課題だった。チッソは戦後の復興を担う代表的な企業だった。企業城下町として潤うことを地元も求めた。一九五〇年代には、大人はもちろん生まれてくる子供にまで病が発症した。認定問題は解決しないいまま今日に至る。

この構図は、福島の原発導入とそっくりである。

先日、熊本学園大で「石牟礼道子と水俣学」という題名で講義をさせていただいた。「水俣学」とは何か。すぐに思い浮かんだのは田中正造の「谷中学」である。田中正造は日露戦争が起こった〇四年に谷中村（現・栃木市）に住み着き、その住人たちが鉱毒について忘れかけていること、自分たちの問題は洪水であると思い始めていることに危機感をもった。むろん「そう思わされている」ということだ。そこで現地の人々の今を学ぶことこそ重要だと考えた。これが谷中学の出発である。

水俣学も実は病症だけの学ではない。石牟礼は江戸時代の島原天草一揆を『春の城』として書いた。それはチッソ東京本社での籠城《ろうじょう》体験が基礎になっている。死んでいく側が殺す側に挑む「闘う共同体」に、時代の違いはない。石牟礼の著作は地域の女性たちがたどった歴史、食べ物の歴史、生き方の伝承など、重要な地域学のデータを含んでいる。地域の知的宝庫はさまざまなところに潜んでいるのだ。


（'22・1・19）

Re EDOcate Me! その1

新年になって一月八日のこと。「ゲーテ・インスティトゥート東京」は、ベルリンの芸術アカデミーとリモートでつないで、江戸時代をテーマにしたシンポジウム「Re EDOcate Me!」を開催した。この言葉は reeducate（教育し直す、再教育する）にそっくりだ。つまり「私にもう一度、江戸を教えて」ともなるし、「私を再江戸化して」ともなる。

ベルリンではすっきりした広い舞台に講演者が座り、東京では現代アートのふすま絵を背景に、畳と机と座布団で寺子屋空間を作った。ドイツは環境先進国だ。そのドイツの人々が江戸時代に注目している。一九九七年に国連気候変動枠組み条約第三回締約国会議（COP3）で温室効果ガスの排出量削減を先進国に義務づけた京都議定書が採択された時期には、江戸時代の環境政策が注目された。その時から、江戸時代の循環の仕組みについて多くの本が出されるようになった。

それから二五年。その間にドイツでは、六〇年代から続く屋上緑化がさらに進み、リサイクル率は上昇し、自然エネルギーの導入も進んだ。それでも欧州の危機感はCOP3の時とは比べものにならないほど高まっている。そのまなざしは、次の世代にどのような社会を残すか、に注がれている。

シンポジウムでは、日本側とドイツ側がほぼ交互に話しながら質疑応答をした。私の江戸時代の話の後で、ドイツの経済史学者で気候変動アクティビストのマティアス・シュメルツァーさんが話した。環境政策だけではもう追いつかない、成長を必須とする資本主義そのものの問題なのだ、という意識が鮮明に見えた。まだ日本は環境政策と経済成長を両立できると思っている。しかし経済という言葉の本義（万民を救済する営み）から考えると、金融や資本を膨らませることと地球温暖化の抑止が両立するとは、到底思えないのである。


（'22・1・26）

Re EDOcate Me! その2

ベルリンと結んだシンポジウム「Re EDOcate Me!」について前回書いた。その続きである。

江戸時代では幕府と藩が「山川《さんせん》の掟《おきて》」を定め、草木の根を掘って取ることや河原に田畑を作ることを禁じ、種類を特定して伐採を禁止する「停止木《ちょうじぼく》」や、山を特定して伐採を禁止する「留山《とめやま》」を決めた。川上の左右に植林も推奨した。ドイツ側の関心は、どうやって上意下達を実施したのか、というところにあった。地球温暖化を止めるためには、計画経済と管理の時代がやってくることは避けられないからである。

そこで私は、江戸時代ではいきなり掟や制度が下達されたわけではなく、多くの人が洪水を経験したこと、江戸に人口が集まることで排せつ物やごみで舟の運航が妨げられ、そこで排せつ物の肥料化や廃棄物の埋め立てが成し遂げられたことを話した。困難が共有されて解決の方法が編み出されたのである。ドイツ側の議論の中でも、想像の喚起と知識の共有が必須である、と語られた。

日本側は私の他に、江戸時代の研究者で建築家でもありアーティストでもあるアズビー・ブラウン氏がビデオで江戸東京博物館を案内し、ご自身のすてきなイラストで農村と都市にいざなってくれた。江戸東京博物館の主任研究者・小酒井大悟氏は、江戸時代の森林保全を詳細に話してくださった。

ドイツ側では、ウルリケ・ヘルマンさんから「グリーン成長」という大事な言葉をうかがった。ヘルマンさんによれば、資本主義は成長を必須とするが、それは循環型のグリーン成長でなければならない。多大なエネルギーを使う移動や運搬は困難になり、配給型経済も不可避だという。しかしそこに新たな雇用が生み出されるはず、と論じる。世界の大きな曲がり角がすぐそこに来ている。私たちは江戸時代の人々のように、共にその曲がり角を曲がらなくてはならない。

（'22・2・2）

ブルシット・ジョブ

『ブルシット・ジョブ――クソどうでもいい仕事の理論』は、アメリカの人類学者、デヴィッド・グレーバー氏が二〇一八年に刊行し、日本でも翻訳出版された。この本を読んだ時、私は真っ先に江戸時代の武士を思い浮かべた。

二一年に亡くなった漫画家の白土三平さんの作品『カムイ伝』の中に、武士階級の青年、草加竜之進がつぶやくこんなせりふがある。「百姓が作り武士がうばう……もし武士がなくなれば……武士はいったいなんのためにあるのだ」

自分の仕事の目的は何か？　何の役に立っているのか？　という疑問を持ち、収入はあっても仕事に意味がないと感じている人々の証言やデータによって「ブルシット・ジョブ」という考え方が立てられている。他人が指摘するのではなく自分でそう感じるという点で、『カムイ伝』の草加は、百姓から搾取する武士の仕事を、ブルシット・ジョブだと思っているのだ。

下級武士であっても体裁（権威）を守るために刀を二本差し、草履取りという不要な雇い人を伴い、羽織はかま姿で出勤しなければならなかった。給料が安い下級武士はさらに貧しくなった。鑓《やり》奉行や鷹《たか》狩り御用の者など、必要のない仕事が幕府や藩に存在し続けた。理由は「権威」である。武力と権威は目に見える形で存在し続けねばならなかった。それが権力を支えると考えられていたからだ。

ブルシット・ジョブには五つの分類がある。その中の「取り巻き」を権威を守るための封建的家臣といい、現代をヒエラルキーを保つための「経営封建制」の時代であるという。今の社会が封建時代に酷似していることは、複数の研究者によって指摘され始めている。本書の主張は明快だ。仕事と生存を切り離すために私たちがとる方法は、全ての人に無条件で一定の所得が保障されるべきだという考え方の「ベーシックインカム」しかない、という結論に至る。なるほど！

（'22・2・9）

監視資本主義

『監視資本主義』という、現代社会の本質を明らかにした本がある。ショシャナ・ズボフという女性が書いた。

生産物によって成り立ったのが産業資本主義だが、監視資本主義は私たちがデジタル機器で日々行っている検索やメールや移動などの情報（行動余剰）を資源とする。グーグルやメタ（旧フェイスブック）などの巨大企業は、個々の発信者には許可なくそれらを加工して広告業界に売り込み、膨大な利益を得ている。二〇一九年の本なのでコロナ禍以降のことは書かれていないが、より多くの余剰が蓄積されたことだろう。問題は私たちがその加工品に囲まれ、行動を導かれていることだ。ズボフは「自らの視点でものを見る場所、自己を生み育てることができる場所」に強い意志で入ることなしには、ここから逃れられないという。

監視と言えば、江戸時代も幕府は監視に力を入れていた。同業者組合のことを「仲間」と言うのだが、古金古道具屋仲間、古着屋仲間、質屋仲間、板木屋仲間、書物関係仲間は他の業種と違って幕府に冥加金を払う必要がなかった。盗難品が入ってくるルートや、幕府批判及びキリスト教関連の本の情報を入手できる業種だからである。つまり冥加金を払う代わりに情報をよこせ、ということなのだ。

街のあらゆる木戸には木戸番が作られ、事件があると情報が入り必要なら木戸を閉めた。幕府や諸藩には隠密、お庭番、甲賀者、伊賀者、同心がいた。オランダ船からもたらされる海外情報は「オランダ風説書」にまとめて集めた。民間では、神田の古本屋の藤岡屋由蔵が武家や街中の情報を記録した。情報収集は至るところで行われ、絵図や随筆にも残された。

近代に入ってからも基本的な仕組みは変わらなかった。しかしズボフがこの大著で書き込んだ事実は桁外れだ。私たちはずいぶん狭い世界に閉じ込められてしまっている。

（'22・2・16）

水平社宣言一〇〇年

一九二二年三月三日、京都の岡崎公会堂に約三〇〇〇人が集まった。「全国水平社」の創立大会が開かれたのだ。そこで「水平社宣言」が読み上げられた。今年三月三日は、その「水平社宣言」から一〇〇年となる。

宣言には、こうある。「兄弟よ、吾々《われわれ》の祖先は自由、平等の渇仰者《かつごうしゃ》であり、実行者であった。陋劣《ろうれつ》なる階級政策の犠牲者であり、男らしき産業的殉教者であったのだ。ケモノの皮剥《は》ぐ報酬として、生々しき人間の皮を剥取《はぎと》られ、ケモノの心臓を裂く代価として、暖《あたたか》い人間の心臓を引裂《ひきさ》かれ、そこへ下らない嘲笑の唾まで吐きかけられた呪われの夜の悪夢のうちにも、なお誇り得る人間の血は、涸《か》れずにあった」。文章は生々しくも熱情あふれ、格調高い。そして「人の世に熱あれ、人間に光あれ」と結んでいる。

私はかつて自著『カムイ伝講義』の中で、劇画『カムイ伝』の描写を使いながら、その仕事の歴史と実際を書いた。

肉食をしなかった江戸時代までは、「ケモノの皮剥ぐ」「ケモノの心臓を裂く」とは死んだ牛馬の解体処理をすることであって、生きている牛馬を殺すことではなかった。皮革は武士階級が必須とした。皮を剥ぎ、それをなめす仕事は極めて高度な職人技術であり、だからこそ、その職能が世襲とされ、各地方の居住地に縛り付けられたのである。

一八七一年のいわゆる「解放令」によって身分がなくなり、呼び名は廃止された。しかし法律的な差別撤廃は往々にして、実際の差別解消と同時ではない。具体的な政策をとらなければ差別感は残り、それが就職に影響し、生活の貧困を招く。米国では一八六三年の奴隷解放宣言も同じ道をたどった。

差別される者たちは、その事実を繰り返し言葉にし、発言しなければならない。水平社宣言はその終わりではなく、始まりだったのだ。

（'22・3・2）

猫の日

二月二二日は猫の日だった。しかし、その週のコラムは祝日で休みになり、猫について書く機会を逸した。「江戸暮らし」の私にとって猫は重要な存在なので、きょうを私にとっての猫の日とする。

中国では前漢のころから、収穫物や紙類を狙うネズミを捕まえてくれる猫は、とても大事な存在だった。日本でも古代から農家ばかりでなく貴族階級においても、食べ物や文献をネズミから守るために必要だったのである。

『源氏物語』『今昔物語集』『古今著聞集』『明月記』『徒然草』といった絵巻、浮世絵、名所図会などのさまざまな文学や図版に猫が見える。とりわけ源氏物語の「若菜」に登場する猫は、後に浮世絵の画題にもなる。「若菜」には大小二匹の猫が登場する。大猫が小さな唐猫を追いかける。当時の猫はひもをつけられることがあった。そのひもが御簾《みす》に引っかかり、御簾が引き上げられてしまう。その向こうに立っていたのは、色鮮やかな紅梅襲と桜襲《かさね》をまとい長い髪を裾まで垂らした女三宮だった。そこから柏木と光源氏の妻である女三宮の恋が始まる。江戸時代の浮世絵では、勝川春章の「雪月花図」に、御簾を上げる女性の裾に子猫がじゃれつく優美な姿が描かれている。その他にも四季それぞれ、女性の裾にじゃれる猫が、画題として使われた。

招き猫も江戸時代に出現した。井伊直孝が猫に招かれて寺に入り雷雨を免れた。その寺は井伊家の菩提寺《ぼだいじ》となって直孝の戒名「豪徳」を寺の名にした。江戸時代前まで、猫は有益でありながら怪異を操る恐ろしい存在だったが、江戸時代に入ると、福を呼ぶかわいい存在に変わっていった。

歌川国芳は猫を好んで描いた。『猫飼好五十三疋《みょうかいこうごじゅうさんびき》』には五三匹の猫が描かれ、団扇《うちわ》絵の「猫のすずみ」は猫が着物を着ている。山東京山の黄表紙「朧月猫の草紙」の登場人物は猫だけ。江戸時代は猫時代だった。

（'22・3・9）

小さくなること

大英帝国は、今やたくさんの植民地を失って小さなイギリスである。フランスも同様だ。スペインもポルトガルもオランダも、かつては世界の海を制覇したが、今は自らの国の中を発展させている。

日本も敗戦後は旧満州（現中国東北部）、朝鮮半島、台湾、東南アジア各国を失って日本列島の中で生きている。そしてその各国・地域では民主主義を実現しようと努力している。それでいいではないか、と私は思う。

ヨーロッパの決断と方法に、私は賛同している。一つ一つの国を小さくして欧州連合（EU）という連合体にした。うまくいっているとか、いないとかという問題ではなく、議論できる共有の場を作ったことだけで、称賛に値する。国連も同じ意味で必要だ。完全主義になるべきではない。ベストではなくベターが答えなのだ。

江戸時代の日本を私が肯定するのも同じ理由である。中国に対抗して拡大主義をとっていた戦国時代の日本が、朝鮮侵略戦争の敗戦を経験して方向転換を成し遂げた。それが江戸時代の日本であった。外国と戦争しない、内戦を回避する、輸入に頼らない。その結果、優れた職人が膨大に出現して、中国やインドの上質な製品に劣らないものを創造するに至り、アジアの織物や陶磁器を超えた。和時計を作り、高度な浮世絵印刷技術を確立した。統一国家を作ったのではなく、多くの藩がその特質のもとに連合していた。

なぜロシアは世界一広大な土地を持ちながら、まだ拡大を続けたいのだろうか？正解はむしろ小さくなることではないのか？ソ連が崩壊してようやく、それぞれの民族が独立した。さらにそれを進めて小さな独立国を増やし、それぞれの多様性を生かした協力・交流関係を築くのが発展への道ではないのか？中国も同様だ。未来への発展を阻害しているのは、時代遅れの大国主義なのである。


（'22・3・16）

家内安全の要

法政大学江戸東京研究センターがシンポジウム「東アジア近世・近代都市空間のなかの女性」を開催した。日本、韓国、中国の近世から近代初期の都市に暮らす女性たちがどう描かれたのか、というテーマである。そこに見えてきた三カ国に共通する女性の役割が「妾《めかけ》」の存在だった。

十返舎一九に『家内安全集』という本がある。家を安定させるために何が必要か、商家の構成員それぞれの心得を五・七・五・七・七で説いた絵入り本である。隠居夫婦、主人とその妻、四人の息子と二人の娘そして嫁が、この商家のメンバーである。三代一一人の家族だ。次ページからは番頭、支配人、手代、丁稚《でっち》、乳母、下女ら雇用している人々が列挙される。

しかし、この家は一一人家族ではなく、一二人家族だった。家族の末尾に描かれている嫁は長男の妻と思われる。その嫁の前、二人の娘の次の位置に「妾」がいるのだ。主人の妾なのであろう。六人の子供たちのいずれかは、この人が産んだのかもしれない。将軍家が継続するには大奥が必要だった。商家もまた、継続させるためには妾が家の「安全」を守る要の一人だったのである。

江戸時代に日本へやってきた朝鮮通信使の製述官（書記官）らは学問と教養のある文人たちで、両班《ヤンバン》階級の庶子つまり妾腹《しょうふく》の家系の人々であった。日本でも東アジアでも家の継続は必須だが、たった一人の妻だけでは継続できないとして、中国も含め、妾は社会の役割を担う重要な存在として位置付けられたのである。その意味で単なる愛人とは全く異なる。

家の男子継続にこだわって夫婦別姓も女性天皇も同性婚も認めない政治家たちは、今後どのように継続しようというか？　いっそ江戸時代にならって妾制度の復活でも提案したらどうだろう？　しかし女性たちはもはや、家制度に利用されることを拒否するであろう。

（’22・3・23）

大正・昭和の吉原

昨年、『遊廓と日本人』という著書を出し、この欄でも紹介した。本書の内容は、江戸時代と明治時代の吉原についてであった。執筆後、法政大学の江戸東京研究センターに、大正・昭和のころ吉原の貸座敷の経営者だった方の手記が寄贈された。それを記念して三月一一日、大正・昭和の吉原についてシンポジウムを開催したのである。

まず、映画「最後の吉原芸者四代目みな子姐《ねえ》さん　吉原最後の証言記録」を上映した。安原眞琴さんが二〇一〇年まで五年間にわたって記録した映像である。吉原には江戸時代から、遊女とともに優れた芸者衆がいた。大正・昭和の吉原では、遊女から文化の面が剥落《はくらく》していったが、芸者はその質を保ち、客は主に茶屋で遊ぶようになったという。その茶屋も一九五七年の売春防止法の施行とともに消えたが、みな子姐さんの三味線や唄やたたずまい、幇間《ほうかん》とのやりとりに吉原芸者の姿が見えた。

当日は寄贈された手記の内容を案内するとともに、吉原神社総代の吉原達雄さんと吉原商店会会長の不破利郎さんに登壇していただいた。お二人とも吉原で生まれ育った。手記とお二人の話をうかがって分かったことがある。一つは、遊女に集中していた文化は失われたが、町が育ててきた年中行事は、全てではないが残ったことだ。吉原遊廓の年中行事は独特の発展を遂げた。桜が開花する頃、それを吉原に運び込んで青竹の柵の中に桜並木を作る「花開き」が開催された。引手茶屋に花のれんをかけ、夜はぼんぼりに火をともした。これは大正・昭和でも続いた。盆の季節に画家の描いた絵を引き回した灯籠《とうろう》を立てる灯籠祭りも続いた。秋の吉原俄《にわか》の祭りも別の形で今も続いている。吉原の文化はその名残を伝えられている。

この町で懸命に働いている女性たちが今でもいる。お二人の話から、地元の方々の女性たちへの温かいまなざしを感じて、心からほっとした。

（'22・3・30）

昭和の着物

法政大学国際日本学研究所では、日本に関するさまざまな研究発表を行っている。近ごろでは、経営学部教授の岡本慶子さんの報告「キモノが伝統になるとき——昭和の室町問屋と職人たち」が経営史の視点から見た染呉服と友禅の歴史で、大変面白かった。

明治から一九七〇年代にかけて染呉服は戦争末期を除いて需要が伸び続けた。特に三一年から型染めの友禅が急増。戦後は経済復興とともに増加し、七〇年に染呉服の需要はピークを迎える。この間に起こったのが着物の大衆化、とりわけ友禅の大衆化だったという。

着物は衰微し続けたと考えていた私は、昭和の技術とデザインによって着物の文様が受け継がれ、進化し続けたことを知った。七〇年ごろまでの昭和は、古いものから学んで新しいものを作り出した時代だったのである。しかしその後、需要は急落した。

着物は平安時代の色鮮やかな紋織り、室町時代の絞り染めなど時代ごとに新しい技術が生まれた。江戸時代には木綿が広がり、縞《しま》ものや更紗《さらさ》が開発されたが、同時に「風景の着物」が出現した。風景は絞り染めと刺しゅうと手描き友禅によって表現された。これこそ友禅の飛躍のもとだったのである。

江戸時代の「風景の着物」は富裕層のものだった。刺しゅうと絞り染めと手描き友禅が使われたので、大変な手間と高度な技術が必要だったからである。

しかし、近代に型友禅が生まれ、スクリーン技術を使ったスクリーン友禅や機械染めが出現すると一気に大衆化する。デザインも多種多様になり、庶民が気軽に楽しめるようになった。現代では先端技術を駆使し、大型プリンターを使って染料をプリントするデジタル友禅などが生まれている。着物が日常着になるまではあと一歩だ。しかし、そのためには着方や慣習の改革、つまり考え方の一大転換が必要だ。着物に新しい時代をもたらしたい。

（'22・4・6）

侵略

このコラムが掲載されるころ、ウクライナ侵略はどういう局面を迎えているだろうか？　全く予想がつかず、未来が見えない。

日本にとってこの戦争は人ごとではない。被害者としてではなく、侵略する側としてである。日本は爆撃を受け敗戦後に占領下に置かれたことはあったが、米軍に統治された沖縄県以外、軍事によって支配されたことはない。

この戦争で、私は二つの侵略を思い出した。一つは豊臣秀吉による朝鮮侵略である。ポルトガルやスペインのやり方を横目で見ながら、自分自身の権力の拡張と維持のために、秀吉は朝鮮半島に兵を出した。プーチン大統領と同じように、自分では行かなかった。そのころの国際環境は植民地戦略であったから、誰も非難できなかった。ただし朝鮮国は明の冊封《さくほう》国でその安全保障下にあった。秀吉の軍隊は明軍とも戦わねばならず、二回にわたって敗戦した。二回目の出兵後に秀吉は死去し、江戸時代は、その轍《てつ》を踏まないよう、戦争をしない国づくりをしたのである。

二つ目は満州事変と満州国建国である。関東軍は自作自演の爆破事件を起こして中国の責任とし、戦争に持ち込んだ。国際連盟のリットン調査団がその事件を調査中に日本が傀儡《かいらい》国家の満州国建国を宣言し、独立を承認した。その後、国際連盟は満州国の中国からの分離独立を承認すべきではないと結論づけた。その結論に日本だけが反対して孤立し、国際連盟を脱退する。領土の一部の独立を承認しつつ侵略を進める方法や、世界から孤立しても撤退しない姿勢はロシアによく似ている。

朝鮮侵略は秀吉の死によって終了したが、満州事変は日中戦争、太平洋戦争と拡大して一〇年以上続いた。大本営発表という情報操作を背景に、国民が戦争に沸き立ったからかもしれない。どんな時代でも、市民・国民の声こそ、終戦の鍵を握る。

（'22・4・13）

歴史を知る意味

私は歴史を知ることで、自分の考えを柔軟にし、相対化してきたように思う。例えば、一人の市民として現在の憲法をどう考えるべきか、近現代の歴史を参照することで深めることができるのだ。

BS-TBSで放送していた「関口宏のもう一度!近現代史」が三月で終了した。具体的でスリリングな素材を使い対談で進めてきたこの番組は、関口宏氏と保阪正康氏が一つ一つの事実への見解と実感を語ってくれて、今を考えるのに大いに役立った。とりわけ戦後憲法の成立とその直後に起こった朝鮮戦争、そして米国がその冷戦構造に日本を巻き込むために日本に対して行ったもろもろの事柄は、今日のウクライナ侵略と冷戦構造の再来、それに乗じて行おうとしている九条改憲への動きの全体を理解するために、大事な歴史知識であった。戦力の放棄をうたった憲法制定に手を貸しながら、一方で再軍備を迫ったのは、冷戦下における米国自身だったのである。それは今も続いている。歴史の知識は、今を生きる個々人が政治を選択する上で、とても大事なものなのである。

四月からは「関口宏の一番新しい古代史」が始まった。自然科学がそうであるように、新たな発見や見解が歴史の見方を変えてしまう場合がある。学校で学ぶ歴史はその時点で定説になっている歴史であり、その後学び続けなければ、頭の中は定説で凝り固まる。江戸時代で言えば「鎖国」という実際は存在しなかった用語が脳裏に刻みつけられ、それが誤った日本の見方につながってしまう。常に最新の成果を知ることで、発想の柔軟性を保てるのである。

この番組は、日進月歩の古代史の新しい見解を示そうとしている。縄文時代社会の農耕や建築、日本人の民族混合の経緯、『日本書紀』と『古事記』がなぜ併存したかなど、目が覚めることばかりだ。歴史は科学と同じく発見と更新の連続だ。

（'22・4・20）

点字ブロック

江戸時代には、目に障害をもつ人々の大きな組織があった。盲人組織「当道座」である。三味線の普及に大きな役割を果たし、鍼灸按摩《しんきゅうあんま》の医療技術者集団でもあり、金融業者としても知られ、財力と権力をもっていた。江戸時代では同じ障害をもつ者どうしが自ら結束し、生きるための技能を伝承し、支え合ったのである。

障害者福祉という考え方が定着し、さまざまな施策がなされるようになったのは戦後である。障害者であっても社会に出て働く。そのために外出もする。それが可能になるよう多種多様な工夫が生まれた。日本でなされた画期的な発明が、道路に設置される点字ブロックであろう。一九六五年に三宅精一氏が考案し岡山県に最初に設置された。弱視の人が見分けやすいように、また人々が気付きやすいように、鮮やかな黄色になっている。視覚障害者はつえで触れるか足で踏んで方向を知ることができる。ほとんどの駅のホームにあるので、多くの人は何のためのものか知っているはずだ。理解していれば、視覚障害者がそこを歩く時に当然、道をあけるだろう。

しかしその上を、スマートフォンを見ながら歩く人がいるという。自分の足元に何があるのか注意を払わない。黄色い色に気付いたとしてもそれが何であるか、理解しようとしない。前も見ないので、視覚障害者がつえをついて歩いて来ても気づかない。そして障害者を転倒させたり、ぶつかったり、スマホを落とされた、と逆に怒ったりする人までいるという。

素晴らしい発明がありルールが確立されていても、それを無視する人々がいるなら、その社会は成長も成熟もしない。以前、このコラムでユニバーサルマナーについて書いた時に「障害は障害者にではなく（健常者に合わせた）環境にある」という言葉を引いた。この場合、まさに障害は、歩きスマホをする人々とそれを容認する社会の方にある。

（'22・4・27）

アジア太平洋多文化協働センター

ウクライナへの侵略戦争は果てしがない。よく言われることだが、戦争は外交の失敗である。真剣な外交を積み重ねてこそ平和が保たれる。アジア諸国を中心とした日常的な外交拠点が必要だ。私は沖縄こそ、その最適な場所ではないかと思っている。

沖縄は一五世紀から東南アジア諸国と交易をおこなってきた。江戸時代まで独立国で、太平洋島嶼《とうしょ》国との類似点も多い。そして地上戦の経験を原点とする強い平和への希求がある。東南アジア諸国連合（ASEAN）に日米中など八カ国を加えた東アジアサミットも、沖縄を拠点に展開されることが望ましい。そのためには、多くの人が沖縄を知る必要がある。

ハワイには留学生を支援する「東西センター」があって、復帰前の沖縄からは約四〇〇人が留学したという。支援を受けた学生や研究者が集まり生活をともにするその仕組みは、多様な出会いをもたらし、多くの若者を育てた。しかし日本復帰後、沖縄からの留学生は一時途絶えたという。

そのようなセンターを沖縄にも作ろうと、「アジア太平洋多文化協働センター」の設置委員会が有志によって作られた。ここで学ぶ人々が世界の多様性を知って地域的・民族的な感情を乗り越え、人権・福祉・労働・ジェンダーに対する意識を改革することを目標としている。目標達成できれば平和構築と持続可能な世界の実現に向かうリーダーが増える。これはＳＤＧｓ（持続可能な開発目標）に近い。

奨学金制度や研究費支援制度を作り、留学生と本土の大学生や研究者が沖縄県内の大学や大学院で学び、交流する。活発な研究活動をおこない、発信する構想である。

本土の若者を含む多くの人が沖縄で長期間過ごし、沖縄の実態を知ることが必要だ。主権とは何か、自治とは何か、戦争はどうすれば回避できるか。それを考える場所として、沖縄は最適なのである。

（'22・5・11）

沖縄返還から五〇年

今年は沖縄の本土復帰五〇周年の年で、一五日がその復帰の日であった。私はこのコラムで二〇回ほど沖縄について書いてきた。慰霊の日が来れば思い出し、琉球処分の日が来れば思い出した。

昨年三月まで法政大学総長であったから、菅義偉前首相と沖縄県の翁長雄志前知事が辺野古問題で鋭く対峙《たいじ》する光景は、特別な思いで見た。そのことをここでも書いた。二人とも私と同時期に法政大学に在学していたからである。

私たちが在学中のまさにその時に沖縄は本土に復帰し、法政大学沖縄文化研究所が設立されたのだった。私が沖縄を常に意識し続けてきたのは、法政大学で学んだからであった、と思っている。入学と同時に沖縄文学の講義を受講することができ、大学院生になると研究所の仕事を手伝う機会もあった。

翁長前知事が法政大学を訪れて講演した日には、私も含め本土の人々がいかに今の沖縄を知らないか、いかに全国紙やマスコミが沖縄について報道しないかを痛感した。沖縄県の人々が基地に依存して生きているかのような印象が作り上げられている中で、翁長前知事は基地経済への依存率の低さや、基地の返還によって生まれた発展について、データを用いて明確に説明した。沖縄の変化とその大きな可能性を、全国の人々が知る必要がある。

江戸時代、沖縄は琉球国という国であった。一六〇九年、薩摩藩は琉球に軍事侵略し、藩の石高に組み入れた。それでも、独立国ではあった。しかし一八七九年、明治政府は軍隊を率いて琉球に入り、琉球を日本の領土としたのである。

軍事力によって隣国を組み込み自国を拡大する。いまだにおこなわれているそのような行為を、かつて沖縄も、侵略される側として体験したことを、思い出しておきたい。


（'22・5・18）

沖縄と韓国

江戸城には二つの国の使節団が登城していた。朝鮮国からの通信使と、琉球国からの使節である。九州から船や徒歩で遠路はるばる江戸までやってきたのである。

彼らは将軍の賓客《ひんかく》であったから、当然尊重された。朝鮮通信使に至ってはいくつかの藩に特別な料理を準備させた。大坂では、木村蒹葭堂《けんかどう》とその周辺の文人たちが、通信使と親しく交流し、詩の交換と絵図の贈答などを行った。

この雰囲気を今と比較すると、あまりの違いに驚く。その象徴が二〇二一年九月一日に東京地方裁判所で下った一つの判決である。一七年一月二日に制作会社のDHCテレビジョンが東京メトロポリタンテレビジョン（TOKYO MX）で流した「ニュース女子」という番組における報道事件だ。この内容に対し「のりこえねっと」を率いる辛淑玉《シンスゴ》氏が名誉毀損《きそん》訴訟を起こし、名誉毀損を認める判決が出されたのである。
ニュースは、沖縄の米軍基地に反対する人々を取り上げたものだった。基地の周辺で拾ったという茶封筒のみを根拠に、反対する人々が日当をもらっているというデマを報道した。また、取材を一切しないまま、「のりこえねっと」が市民のカンパから支払っている市民特派員への交通費支援を、営利事業であるかのように報道したのである。

沖縄の人々への侮蔑と韓国・朝鮮の人々への侮蔑が同時になされた。かつて日本人はこの二つの国の人々に敬意を払っていた。それは中国の文字や思想が日本文化の基礎を作ったからであり、二つの国はその同胞だからだ。しかし、明治以降の日本は西欧を模範とし価値観を転換した。それでも沖縄と韓国は日本と文化の基盤を共有する。なぜ憎悪し続けるのだろうか？　明治維新より前の日本と日本文化そのものを、憎悪しているように思える。

（'22・5・25）

満蒙開拓平和記念館

江戸時代の長野県には延べ一九もの藩があり、寺子屋の数が多かった。一揆も頻繁だった。識字率も意識も高かったのであろう。

その長野県の阿智村にある満蒙開拓平和記念館を訪れた。ロシアのウクライナ侵略で、これが満州事変とよく似ていることに気づき、改めて考えたくなったのである。ロシアはウクライナの中にクリミア自治共和国、ドネツク人民共和国、ルガンスク人民共和国という三つの国を承認した。そういうかたちで少しずつ、かいらい国家を広げていくつもりなのだ。

一方、満蒙開拓とは、日本が中国の中に満州国というかいらい国家を作り上げ、そこに一〇〇万戸の家族を移住させる計画を立て、実際に二七万人を移住させた出来事である。その旧満州の広さを地図で確認すると驚く。約一三〇万平方キロ、日本の三・四倍の広さである。多くの土地はすでに中国人によって開墾されており、日本人は彼らを追い出すようにしてそこに暮らすことになった。異なる民族が協力して国を作る「五族協和」は、言葉でしかなかったのである。

なぜ記念館が長野県に作られたのか。開拓団は長野県出身者が飛び抜けて多かったからである。世界恐慌のあおりを受けて経済的な困難に陥った人々を、補助金が出る、土地を所有できる、関東軍によって保護されるなどの甘言で誘った。当時の夢に満ちたポスターや手引、絵はがきや雑誌記事などの展示を見ると、その当時、自分だったらそれをどう眺めただろうかと、その時代に置かれたような気分になる。結果は周知のように、敗戦直前にソ連が進軍してくると、関東軍や役人たちは真っ先に逃げ、残された農民たちは現地で亡くなり、あるいは残留婦人、残留孤児として生きた。記念館はかろうじて帰国できた人々の声を集めている。個人は国に対して、どういう意識と姿勢を持たねばならないか。それを考える上で、貴重な場所である。

（'22・6・1）

女性への真の支援

江戸時代、儒学者は三味線の音を「淫声《いんせい》」と呼んだ。心をわくわくさせ心身を高揚させる音であることが「けしからん」というわけである。しかし、歌舞伎に三味線は必須となり、遊郭では夜になると「すががき」という弾きかたで三味線を鳴らし続けていた。淫声は、恋や性愛を美的な領域にまで高める表現のひとつである。和歌も浮世絵も遊郭のしきたりも、淫なるものが文化に昇華した姿であり、その昇華や様式化は人間世界を豊かなものにしてきた。

しかし一方で、人の欲望は昇華とは正反対のかたちをとる。女性の商品化と、女性への暴力である。明治時代の芸娼妓《げいしょうぎ》解放令も戦後の売春防止法も、その商品化と暴力を根絶することはできなかった。江戸時代や戦争直後と比べ、今は女性が多種多様な職業に就いて自立可能になった。しかし、いまだに非正規が多く、母子家庭の貧困率も高い。そのなかで、性風俗で働くしか方法がない女性たちもいる。やめようとしても犯罪者扱いされ、他の仕事に就きにくくなる状況が続いていた。

その状況をなんとか変えようと女性議員たちが党派を超えて結束し、「困難女性支援法」が五月一九日に衆議院本会議で可決、成立した。二〇二四年四月に施行される。厚生労働省と都道府県は相談支援センター、自立支援施設、そして施設退所後の支援に至るまでの計画を立てることになる。自治体は民間団体とも協力して支援調整会議を組織する。

民間では、すでに様々なＮＰＯ法人が動いている。暴力にさらされることなく、自立して生きていけるよう支え合うことこそ、女性たちに真に必要なことなのである。

（'22・6・8）

テリトーリオ

日本とイタリアの文化交流の拠点となっている日伊協会で、オンラインの「イタリアワイン文化講座」第四章が始まった。私は一〜三章の時にはこの存在を知らず、講座を担当しているソムリエの桜井芙紗子さんと法政大学江戸東京研究センター初代センター長の陣内秀信さんに教えていただき、四章を受講することにした。陣内さんたちが率先して研究している「テリトーリオ」という考え方に、深い関心を持ったからである。

テリトーリオとは、都市とその周辺の農村が密接につながり合って共通の経済・文化のアイデンティティーを持ちつつ個性を発揮している、その地域のことである。『イタリアのテリトーリオ戦略―甦《よみがえ》る都市と農村の交流』（白桃書房）を読むと、ヨーロッパでは人々が一九六〇年代に価値観や文明の転換の兆しを感じ、都市と農村が連携しながら風土をいかした生産に進んでいったことがわかる。原産地呼称保護制度を整え、八〇年代に農村の復権と産品の質の向上に取り組んだ。イタリアワインはその努力によって世界ブランドになりつつある。イタリアワイン文化講座は、地域ごとの尽力こそが、産物の個性を育てることを伝えてくれる。

江戸時代の日本は農村と都市が産物と肥料の交換をしながら一体のコミュニティーを形成していた。地域ごとの産物は織物、紙などさまざまだが、酒は上方で多く生産された。修道院もワインを造っていたが、日本でも酒市場が拡大した契機は寺における醸造技術の進歩であったという。イタリアワイン文化講座はそれよりさかのぼって、ギリシャ人がイタリアにブドウをもたらしたところからひもといている。日本で言えば縄文晩期に米が、八世紀に朝鮮から酒造技術が入ってきたところから眺め渡すことになろう。日本にとっての朝鮮はイタリアにとってのギリシャに相当したのだ。地域こそ世界に開かれていた。

（'22・6・15）

豊かさのつくりかた

江戸時代の人々は経済的窮地に陥った日本の状況を転換し、豊かな社会を作り上げた。その方法は他国への侵略による国土の拡張でもなければ、大量生産による他国の強制的市場開放でもなかった。

まずは海外への侵略をやめること、内戦を終結させること、新たな外交関係の樹立である。その上で新田開発、農業技術の高度化による増産。紡績技術、染織技術の高度化と、それによる質の高い紙や布、漆器や陶磁器の生産。植林による材木の確保。そして、列島の周囲をめぐる大型船による運搬と、内陸とつながる河川および街道の整備である。多くの商品が出回ると問屋も増え、都市部には商人が多くなり、修理やリサイクルの職人も増える。付加価値をつけるデザイナーやアーティストや職人も多くなった。一時期の経済成長率はイギリスに次いで高く、オランダを上回っていたという。

ところでロシアは世界で最も領土が広い国である。日本列島の約四五倍で、人口は日本よりやや多い程度である。資源も豊富でエネルギー大国だ。そういう国であれば他国への侵略や軍事費や核開発にかける費用を、農業技術の高度化や先進的な情報技術、ものづくり、運輸のためのインフラ整備にかけたなら、国民は確実に豊かになる。大地と国民の能力開発に集中可能な、内発的発展に最もふさわしい国だと言える。

これは今の日本も同じだ。東京新聞は六月三日の朝刊第一面で、自民党が目指す防衛費五兆円増を教育、年金、医療に使った場合、何ができるかを報じた。立憲民主党の計算では、大学の授業料無償化、児童手当の高校までの延長、小中学校の給食無償化が全て可能となる。日本もロシアも、政権のためではなく国民のために予算を立てることで、経済は確実に発展する。戦争と競争は自国と世界を疲弊させるが、人の学びと成長は、国と世界の確かな力になるからだ。

（'22・6・22）

頼りない政権

岸田文雄首相は米バイデン大統領との会談で、防衛費の増額を約束した。自民党はすでに防衛費を国内総生産（GDP）の二％以上にすることを政府に提言していたので、それを実施するという意味だ。その総額は二〇二二年度予算で計算すると約一一兆円になるという。つまりは、インドを抜いて米国、中国に次ぐ世界第三位の軍事大国となる。

しかし、日本の面積は世界で六二番目だ。米国や中国の約二五分の一、インドの約九分の一である。また、日本の人口は中国やインドの約一一分の一で、世界で一一番目だ。自民党が増額を求める予算の名は「防衛費」である。つまり六二番目の面積の国土と、一一番目の人口の国民を「防衛」するために、世界三位の巨額の軍事費が必要だ、と判断したことになる。何かおかしい。

自衛官を希望する人はなかなか増えないらしい。ということは、よほど給与を上げて能力のハードルを下げない限り、人件費にかけることはできない。したがって、この膨れ上がった軍事費は米国からの戦闘機の購入などの装備費に費やされるのだろう。さらに、米国の軍需産業が最先端の開発研究をすることにも、日本の税金が使われるのであろう。これが、米国依存の内実である。

江戸時代の日本は、外国から情報と技術を学んではいたが、外国に頼らず自国で決め、自国で開発し生産していた。まだ主権国家という概念どころか「国家」の概念もなく、従って「国民」も存在しなかった。それでもどこかの国に従属するより、独自の産業を開発し、独自の判断をすることを選んだ。中国との間も皇帝の臣下にはならず、貿易のみで関係を保った。

現政権は沖縄の米軍基地の、本土への分散すら自分で決められない。税金が防衛の範囲を逸脱して攻撃の支援に使われても、それをチェックできない。なんと頼りない政権なのだろう。

（'22・6・29）

プーチン憲法と自民党憲法案

自民党憲法改正草案について、ここでも何度か紹介してきた。特に憲法二四条および前文に強調されている「家族」を国の統治の基本に据えるという価値観は、江戸時代で言えば武士階級の考え方である。国民全体で言えば明治時代の価値観で、これを未来の日本の社会像にしたことの意味を国民はよくよく考えなくてはならない。家族と国の関係は、天皇を元首とすることで完結するからだ。

しかしその後、さらに興味深いことに気がついた。二〇二〇年にプーチン大統領が改正したロシア連邦憲法と、その社会観がとてもよく似ているのである。

この改正憲法は大統領の三選禁止規定に、過去に大統領であった人物と現在大統領である人物には適用されない、と付け加えたことで有名になった。あからさまに専制的な長期独裁政権を目標にしたこの改正は、そのほかにも特徴がある。それは「男女」と「家族」である。

第七二条では結婚を「男性と女性の結びつき」とし、同性婚を除外している。そして婚姻によってできた家族は子供を養育する義務があり、その子供は親を支える義務がある、と明記した。他の箇所では、歴史的団結、祖国の防衛者への追悼、唯一神への信仰などを義務付けている。政権とは異なる歴史解釈や無神論は排除されるのだ。さらに、子供に対して愛国心教育をするよう規定している。

プーチン大統領は、国家権力の安定のために、国の基礎に家族を置く。自民党憲法改正草案も、同じ思想をもっている。個人と国家ではなく家族と国家の組み合わせは、統治にとって都合がよい。子供を教育や徴兵の面で国の人質にとることができ、女性は家族を成り立たせる道具に使える。

自民党は憲法改正四項目を掲げるが、むろん四項目では終わらない。やがて自民党が表明している憲法が実現する社会に、私たちを導くであろう。


（'22・7・6）

現代の浄瑠璃

江戸時代はもちろん、明治時代まで本は多くの場合、音読されていた。家の中で誰かが読み、他の家族が聞いている。あるいは他の人に聞かせるつもりはなくとも、当然のように声を出して読んでいる、といった具合にである。現代の「読み聞かせ」は専ら児童書を小学生までの子供に読み聞かせることを意味していて、全く異なる。

私の世代の子供のころは、かつての音読の時代が終わり、読み聞かせは始まっておらず、親たちは稼ぐのに忙しくてそれどころではなかった。従って本は専ら活字を自分で黙読するものだった。

しかし、大学一年のとき、教授の朗読で聞いた石牟礼道子「苦海浄土」に衝撃を受けた。文学観が変わってしまった。方言のもつ圧倒的な力のみならず、自然界と交わる生きる言葉の力がそこにあった。俳優の井上弘久さんは、やはり同じ体験をしたという。だがその後の行動が異なる。私はそのまま活字で石牟礼道子を黙読し続けた。しかし、井上さんは石牟礼道子『椿の海の記』を第一章から一一章すべて、自分の声と身体で表現する道を選んだのである。

ある学会の場で井上さんの独演を目の前で拝見し、かつての体験がよみがえってきた。子供の石牟礼道子が山と海と川と町を縦横に出入りし、生き物とともに暮らし、自分も子牛やウサギになる。心を病んだ祖母を助けて共に歩き、差別されている娼婦《しょうふ》や火葬場従業員の家で過ごし、山の神と川の神が「ひゅんひゅん」と音をさせながら通っていく様子を母親や大人たちから聞き取る。

かつて能や浄瑠璃はその語りで死者を呼び出し、それを聞く者たちは面や人形にその面影を写（移）して、死者との時間を共有した。井上さんの独演は現代の浄瑠璃である。石牟礼道子のための新たな声の文学なのだ。この方法がもしかしたら、文学の新しい方法を生み出すかもしれない。

（'22・7・13）

投票率約五二%

二〇二二年の参議院選挙が終わった。一七年の衆議院選挙の際に私は「選挙」という題名で、江戸時代には選挙制度がなかったので、政治を担う者と担えない者とが、身分によってはっきり分かれていたことを書いた。近代になってまずは特別な立場の者たちから投票できるようになり、次に男性全員に、戦後になってようやく女性も含め、普通選挙制度ができてきた。選挙権は長い時間をかけて獲得してきた権利なのである。

その歴史の中で、私は結果より投票率の方が気になる。今回の投票率は五二・〇五%だった。前回よりやや上がったというのだが、国民の半分が選挙権を放棄している実態は、ずっと続いている。

しかし、もっと気になることがある。それは政治についての驚くべき無知が蔓延《まんえん》していることだ。『撤退論』(内田樹編、晶文社)が衝撃的なデータを示した。その中で白井聡が二つの事例を書いている。一つは一六年の参議院選挙の時、映画監督の森達也が明らかにしたことだ。学生に支持政党を聞いたところ、九割が自民党支持だった。しかし、憲法改正について聞くと、半分以上が「このままでいい」と答えたのだという。言うまでもなく自民党の党是は改憲であり、その改憲案全体を公表している。しかも同時期の新聞の調査によると、改憲賛成派三分の二という数字の意味をほとんどの有権者が知らなかったという。三分の二は憲法に記されている、改憲発議に必要な議員の割合である。

白井はもう一つ、ダートマス大学の調査結果も示した。政党名を隠して、良いと思う政策を選んでもらう。次に政党名を示して選んでもらう。すると自民党の政策は支持率が低いにもかかわらず、政党名で支持される。つまり、政策ではなく大樹に寄るのである。実態を知ると、何も分からないなら投票しない方がましだと思えてくる。しかし、自分のその考えにぞっとする。

('22・7・20)

本の寺子屋

長野県の塩尻市立図書館で、江戸時代の本について講演した。この図書館では二〇一二年七月から「本の寺子屋」という活動を続けている。もう一〇年になる。全国から講師を呼ぶだけでなく、子どものための本の寺子屋もあり、絵本の原画展や写真展も実施し、美術館としても機能している。

それにしても「本の寺子屋」とは良い命名だ。江戸時代の信州は寺子屋の数が多く、そのなかには後年、本屋になったところもある。江戸、京都、大坂など三都で出版された本は貸本屋に背負われて各地に運ばれ、小さな町や村にまで入っていった。名主や問屋が借りることが多かったようだ。その料金は見賃《みちん》というが、貸本屋は貸すだけでなく売ることも、古本を買い取ることも、本を修理することもあった。村人は名主の家で本に接することができた。まさに行政を担う場所が、図書館機能を果たしたわけだ。

難しそうな唐詩なども挿絵と解説とふりがなで読むことができたし、本来は耳で聞く

庶民が読む本には絵がふんだんに入った本や、色彩浮世絵が印刷された本もあった。

浄瑠璃や新内《しんない》の本も読んだ。江戸時代の本を見ていると、本についての概念がずいぶん広がるのである。

私は子どもの頃から本に囲まれて育ち、本を手に取るのは日常的なことだった。新刊書の本屋はまだ少なく、家にない本は古本屋で買い、貸本屋や学校の図書室で借りて読んだ。日々の出来事と本とは、いつもどこかでつながっていた。たとえばトーマス・エジソンの命日を聞かれれば、即座に一〇月一八日と答えられる。それは七歳の一〇月一八日に祖母が目の前で亡くなったからである。その直前、私はエジソンの伝記を読み終わっていて、なんという巡り合わせだろうと思ったからだった。

講演をしながら、本についてなら無限に語れるような気がした。

（'22・7・27）

とんだ霊宝

江戸時代の庶民は宗教を遊んだ。両国広小路に「とんだ霊宝」という見せ物が出ると、多くの庶民が押しかけて「よくできてる！」と感心しては帰って行った。これはご開帳の際に寺が見せる釈迦三尊や不動明王などを、乾鮭《からざけ》や大根、かんぴょうやするめを使って作り物に仕上げた見せ物で、いわばご開帳のパロディーである。見せ物にしても問題にはならない。彼らにとって宗教は権威でも畏怖《いふ》の対象でもなく、日常生活の中にある祭りみたいなものだからだ。

洒落《しゃれ》本という遊郭を舞台にしたパロディー本では、釈迦と孔子と老子が互いをからかいながら遊女と遊ぶ。落語の「黄金餅」「蛸《たこ》坊主」などは僧侶が笑いの対象になり、信仰にこだわる人が登場する「法華長屋」や「宗論」も、そのこだわりが笑いのネタになる。「堀の内」や「大山詣《まい》り」は参詣を咄《はなし》に仕立てたものだ。参詣は観光旅行でご開帳は見物の楽しみだから、「とんだ霊宝」はさらに笑えて、人気が集まるのだ。見物料は払うが、それは寄席で入場料を払うようなものである。

このように宗教を娯楽に転換してしまう江戸庶民から見ると、現代の新興宗教の信者が生活を壊すほど霊宝に莫大《ばくだい》な金を払うのは、「とんでもない霊宝」だろう。現代人が江戸人と違うところは、「金さえ払えば何でも手に入る」と考えているところだ。宗教団体はその思い込みを利用し、「もっと払えばもっと幸せになれるよ」とささやく。見返りを求めて寄進する人は、何が自分にとっての幸せなのか、わからないから寄進する。そこが付け目だ。

現代の神様は「かね」である。払えば払うほど幸せになれる、という信心が霊感商法を太らせる。霊感商法団体にすり寄る国会議員たちの神様は「かね」と「票」なのだろう。本当はかねの向こう側にこそ幸せがあるのだと、落語の「芝浜」や「文七元結《もっとい》」は教えてくれている。

（'22・8・3）

半島と列島

ＢＳ－ＴＢＳの「関口宏の一番新しい古代史」が七月で終了した。その中で出演者の松岡正剛さんが、六六三年の白村江の敗戦こそ「日本が自立するきっかけになった」という視点を示したことがある。ご著書の『日本という方法』（角川ソフィア文庫）では「この瞬間に『倭』はついに『日本』になったのです」と表現している。そして白村江の敗戦はその後も繰り返された、と。私も以前から気になっていた。秀吉の朝鮮侵略の敗戦は、明らかに東アジアからの自立と江戸時代成立のきっかけになったのである。韓国併合を含む敗戦も、戦後日本を生み出した。繰り返される現象を捉えることで、関係の深層を浮かび上がらせることができるのではないだろうか。

「日韓関係」とは「半島と列島」の関係である。朝鮮半島は新羅や百済、馬韓や弁韓など国の名前と領域が頻繁に変わる。国名で考えていたのでは長い歴史が捉えられない。半島に対する列島の振る舞い、と考えた時に見えてくるものがある。

紀元前から始まる往来を経て、三〇〇年代から列島と半島の関係は深くなる。倭は高句麗と戦ったこともあった。五〇〇年代には百済から仏教とともに漢字と諸学問が入ってくることで、日本は憲法と冠位制度を整えることができた。そして白村江の敗戦がやってくる。この敗戦を契機に戸籍と律令制度を整え、遅れていた倭は、ようやく「日本」になったのだった。

列島は半島と合体したがった。半島は中国文明を体現している。半島と結ばれることは中国文明につながることだ。秀吉は熱望を行動に移した。そしてまた負けた。明治になって今度は近代化を共にしたい、という願望を持ったが拒否され、失望する。それが征韓論となり併合になったのではないか。

列島は半島と、共に生きようとしてきた。私たちはそこからもう一度、韓国への姿勢を考えねばならない。

（'22・8・10）

私は在日横浜人

「在日」という言葉が差別・憎悪表現として使われている。しかしこの言葉は「日本にいる」という意味である。日本列島に暮らしている人は国籍がどこであろうと全員「在日」だ。

江戸時代の人々もみな在日だった。国家というものがないので、生国は地域のことをさす。つまり在日江戸人、在日美濃人、在日出羽人という言い方になる。ちなみに私は在日横浜人である。「何々人」という部分は自己認識だから、生まれた場所だけでなく気に入った表現で名乗ればよい。差別感を乗り越えるために、できるだけ多くの人が「在日何々人」と自称するようお勧めする。

「在日とは在日韓国・朝鮮人のことだ」と定義している人がいるのかもしれないが、

それ以外の国籍の人も在日をつけて呼ぶので、定義にはならない。ちなみに二〇二一年六月の時点で、もっとも多い在日外国人は中国人で、次はベトナム人である。三番目に位置する韓国・朝鮮人はじきに在日フィリピン人に、さらに在日ブラジル人に追い抜かれるだろう。差別したい人にとっての「在日」という言葉は、間もなくその効力を失うことになる。

日本列島に暮らす在日日本人たちは、弥生時代からすでに半島の人々と混血している。その結果、現在の日本人の顔は縄文人の顔とは異なる。半島と一蓮托生《いちれんたくしょう》で生きてきた列島の日本人は、なんと二〇〇〇年を超える長い時間を、半島の人々と共存してきた。

自民党の議員さんたちもそう考えているのだろうか？「解怨《かいおん》」という先祖供養で日本人から集金しているという半島の旧統一教会に協力的なのは、先祖は同じという認識があるからなのか？　それとも併合への後悔か？

どちらにしても裏で手を結ぶのではなく、江戸時代と同じように正面から堂々と親しく付き合い、国民の差別感を拭い去るべきではないのか。

（'22・8・17）

家族とは

八月二日の朝日新聞に掲載された全く異なる二つのインタビュー記事で、私は「家族とは何か」を考えさせられた。一つは大阪大名誉教授の藤岡淳子さんの記事だ。山上徹也容疑者が「母親から逃げるとか、弁護士と一緒に公的に闘うとか、他の道も選べたはずでした。でも、そうしなかった」ことに注目している。私もなぜ母親から離れなかったのかずっと気になっていた。藤岡さんはその理由が「家長として母や家を守ろうとしたけれども、守れなかった」という思いではなかったかと分析した。そこから「家父長制的なにおいがします」と。

制度として家長が出現したのは明治時代の戸籍制度であった。江戸時代の家族は生きるための共同体として、実質的な関係で結ばれていた。したがって血縁主義ではなく能力主義だった。

憲法改正草案から見えるように、旧統一教会と自民党は家父長的な家族イデオロギーで結ばれている。しかしその「家族」とは個々人が人間としてつながる家族ではなく、役割の組み合わせによる抽象的な家族だ。その違いが問題なのだと気付かされたのが、最首悟さんの記事であった。

重い障害を持った娘さんの星子さんと生きる生物学者の最首さんは「星子はわからないことだらけ。（中略）わからない世界のほうが豊饒《ほうじょう》です。わかることが無理だとわかると、なりゆくいのちに身を任せるしかありません」「生きるとは『次々になりゆく勢い』です。そこに希望が宿るのではないか」と述べた。「次々になりゆく勢い」とは丸山真男が指摘した日本の生成観である。最首さんの家族は、命と命が出会っている究極の「場所」なのである。

近代日本は命ではなく経済と国家に役立つ家族を基盤にした。それはもはや国とカネの道具でしかない。自民党と旧統一教会は、家族の道具化をさらに推し進めようとしている。


（'22・8・24）

国葬

江戸時代でも権力者の死を権力の安定に利用したが、国葬というものはなかった。国葬は近代の産物である。

国葬の数少ない研究者である宮間純一氏の著書『国葬の成立――明治国家と「功臣」の死』(勉誠出版)によると、国葬は天皇の特旨(特別なおぼしめし)によって行われた、大日本帝国の遺物である。政治家は天皇の臣つまり家来であったから、天皇が功臣の死を追悼し、それを媒介にして第三者にも哀悼を共有させようとしたのだという。

国葬令は一九二六年に法制化された。その法制化も、天皇が発する法令である「勅令」の文章化によってなされた。皇族以外の者の国葬が行われる日には、天皇は執務につかず、国民は喪に服すことが定められた。国葬とはそれほど、重い意味をもっていたのだった。このように天皇の意思によってなされたものであったことから、敗戦後の四七年に、国葬令は失効した。

失効以前の四三年に行われた山本五十六の国葬は戦争に利用された。「元帥につづけ」というスローガンが掲げられ、国葬を使って戦時体制の強化が図られたのである。その事実から宮間氏は「大日本帝国の国葬はナショナリズムを高揚させる機能をもち、最終的に国民を戦争に動員するための装置とすらなった儀式である」と断言する。氏は今回の国葬決定を受けて、「戦後日本の民主主義とは相いれない儀式である」（『週刊金曜日』八月五日号）とはっきり述べている。

国葬令失効以後、法令が議会で審議されたことはない。吉田茂元首相の国葬の際も「法的な根拠がない」と批判されたが、やはり審議はされなかった。ならばこの機会にこそ国会で議論し、基準を定めるべきではないだろうか。国会で審議されないことがことごとく官邸で決まってしまうなら、三権分立を基本とする民主主義国家とは言えない。

（'22・8・31）

台湾

江戸時代の人々にとって台湾は、足掛け三年にわたるロングランとなった近松門左衛門『国性爺合戦』を通しておなじみの場所であった。といってもこの浄瑠璃の舞台は台湾ではなく、主人公の鄭《てい》成功が大陸に渡って明朝の復興をはかるという話になっているので、むしろ鄭成功という名前がおなじみだった、ということだ。

鄭成功は明の武将、鄭芝竜と平戸の日本人女性との間に生まれた人である。しかし明は一六四四年に満州族によって滅ぼされ、中国は清王朝となる。これに憤ったのが鄭成功だった。台湾はそのころ、オランダ東インド会社に事実上支配されていた。オランダのゼーランジア城とプロビンチア城が造られていたのだ。これに対抗してスペインがサンドミンゴ城とサンサルバドル城を築いている。鄭成功はそこに漢民族国家を再興すべく、約二万五〇〇〇の兵をひきいて上陸した。

なぜ台湾だったのか。台湾には鄭和が寄港し中国人倭寇《わこう》が開拓に入り、ポルトガルも関心を寄せて「麗しの島」と呼んでいた。しかし国ではなかった。隣の琉球は独立王国で中国の冊封《さくほう》国でもあり「大琉球」と呼ばれていた。しかし台湾は王国ではなく、「小琉球」と呼ばれていたのだ。オランダやスペインが城を築いたのも、そういう理由からだった。

鄭氏の支配は二二年しか続かなかったが、そのあいだに移民を誘致し農業開拓を進め、独立王国の手前まで行ったようだ。しかし清によって鄭家は滅ぼされ、「福建省・台湾」になる。そして日清戦争で日本に割譲され日本支配となった。戦後はご存じのとおり。台湾が今ほど独立国の条件を整えているのは、歴史上初めてだ。

台湾には国旗も国歌も憲法も国会もある。そこで大事なのは、可能な限り現状を維持し続けていくことだ。「有事」という言葉に惑わされず、台湾を知る努力を続けていこう。

（'22・9・7）

先祖のたたり駆除

霊感商法や開運商法などの対策を話し合う消費者庁の有識者検討会が八月二九日に始まった。救済にかかわる厚生労働省や解散命令を出すことのできる文化庁が入っていないことが気になるが、まずは消費者契約法でどこまで対応できるか。そこから始めるしかないのであろう。献金や寄付まで「消費者契約」として扱えるかどうか話題になった。目を引いたのは、「先祖のたたり駆除」というサービス契約ととらえることもできる、という松本恒雄一橋大名誉教授の発言だった。

私は平賀源内の『根南志具佐』を思い出した。地獄が人口増加で地面不足となった。山師たちは賄賂を使って願いを出し、極楽街道の土地を開発し始めるという話だ。江戸時代ではすでに、地獄、極楽、あの世などは、笑いの対象だった。「先祖のたたり駆除」は、江戸時代だったらすぐに戯作《げさく》者が戯作のネタにするだろう。

消費者契約なので契約書を作らねばならない。戯作なら定めし、「先祖国」に団体職員を派遣して信者（顧客）の先祖を訪ね、写真を撮り先祖マイナンバーをコピーし、「恨み」量を計測し、いくら払えばたたりをしなくなるかを交渉する。職員は戻ってから顧客にそれを示して契約書を作る。契約が成立すると先祖が要求した金額を振り込む。宗教団体も手数料をしっかり取る。振り込まれた後、職員は先祖国に再び行って恨みを帳消しにした証明書に先祖さんのハンコを押してもらい、商取引は終了する。ただし先祖はひとりではないから、団体側は「次はどの先祖にしますか？」と聞いてくる。無限にいるので、いくらでも商売はできる。

戯作ならそういう筋書きになるだろう。ちなみに信者さんは、自分の先祖がどこかに存在して恨みをもち、自分の払ったお金でその恨みとたたりを駆除できたことを、どうやって確認しているのですか？


（'22・9・14）

大人たちの無知

東京新聞の「本音のコラム」が面白い。著者それぞれの個性が存分に発揮されている。そのなかで最近、心に響いて忘れられない文章がある。八月一九日掲載の北丸雄二氏の文章だ。

ご自身の一七歳の時の自殺未遂から始まっている。当時は同性愛が精神障害、変態性欲と事典にも書かれていたという。それは一七歳にとって「権威」であり、それにあらがうことすらできなかった。

私はこのコラムでジェンダー平等についてはずいぶん書いてきたが、LGBTについては数えるほどしか触れてこなかったことに気づいた。しかし、このところの政府のありようが気になっている。杉田水脈氏が総務政務官になり、簗和生氏が副文部科学相に任命されたのである。両者とも、ＬＧＢＴを存在価値がないものとして蔑視している。江戸時代の人々でさえ持たなかった偏見を、民主主義であるはずの今の政権が持っている。どうしたことだろうか？

現代の政治家たちは、血縁の家族と「家族制度」とを混同している。江戸時代は家族制度の時代だった。しかし跡継ぎを必要とする武家や商家にとって、夫婦に子供ができないことも、子供たちがＬＧＢＴや自身の考えを理由に結婚しないことも、問題ではなかった。なぜなら養子をもらうことで解決したからである。むしろ能力を認めてから迎え入れる養子や婿養子は家制度の存続に有益だった。老舗も武家も、そのようにして続いた。一方で芭蕉や平賀源内のように結婚しなかった人々もいて、彼らは日本文化を創造した。どのような性的指向を持っていようと、社会的に広く偏見にさらされるようなことは、なかったのである。

日本では多様性が時代につれて狭まった。その原因は政治家たちの無知にある。日本の歴史も文化も学んでいないのだろう。若者の苦しみは、大人たちの無知と、それを恥とも思わない生き方に由来する。

（'22・9・21）

空から

江戸時代の絵画や浮世絵には鳥瞰図《ちょうかんず》というものがある。代表的なのは広重『名所江戸百景』のなかの「深川洲崎十万坪」だ。空を飛びながら湿地帯の獲物を探すワシの目の高さに視点を据え、鳥が俯瞰《ふかん》する目で十万坪を視野に収めている。当時人間がこの高さから地上を見ることはない。想像力によって描いているのだ。

これほどの高さでなくとも、「両国花火」や「市中繁栄七夕祭」その他、鳥瞰をもって描かれている浮世絵は多い。鍬形蕙斎《くわがたけいさい》の「江戸名所の絵」も江戸全体を空から視野に入れようと努めている。人は俯瞰を熱望してきたのだ。地図自体が俯瞰の視野なのだが、かつては足で歩きながらの正確な測量によってしか、その俯瞰は入手できなかった。

しかし近代になって飛行船や飛行機が空を飛ぶようになると、生身の人間の目で俯瞰することができるようになったばかりか、それを撮影して分析することも可能になった。それが何をもたらしたのか。浮世絵的な楽しみを増やしただけではなかった。「上空からの眼差し《まなざ》し」は植民地を支配する「帝国の眼差し」となり、一九一〇年代には「上空からの爆撃」になり、やがてドローンによる「無人の戦争」になっていく経緯を、吉見俊哉著『空爆論——メディアと戦争』(岩波書店)は生々しく書いている。

米国による日本や朝鮮、ベトナムへの空爆。そして中東の山岳地域で二〇〇四年から一一年までに約二三〇〇人を殺したというドローン攻撃。小型のドローンは「カミカゼ・ドローン」と呼ばれている。それは無人攻撃機の開発が日本の「特攻」からヒントを得たからである。日本と中東の自爆は野蛮だが、無人攻撃は人命を尊重している、というわけだ。

本書は「プーチンの戦争」を終章に置いた。この戦争が奇妙に古風である理由も、戦争をメディア論で解いたからこそ、理解できる。

('22・9・28)

歩く文学・聞く文学

前田愛の『都市空間のなかの文学』について他紙でインタビューを受けた。一九八二年刊行の本で著者は八七年に亡くなっている。「少しも古くないですよね」という企画意図に納得した。

学生時代、近代文学は「近代的自我」をどう表現しているか、社会をどう批判しているかなどが主なテーマだった。私はそれよりはるかに面白いと感じた江戸文学に出会い、そちらに場所を移したのだが、両方を視野に入れて新しい方法を生み出したのが前田愛だった。

前田愛の方法はまず、江戸文学と近代文学を区別しないことだった。そして両方に「都市空間から読む」という方法と、「言葉を音で聞く」という方法を採用した。確かに江戸から明治の小説も随筆も浮世絵も、江戸東京の空間を縦横に移動している。近代の小説家たちは海外にも暮らした。森鷗外の「舞姫」はベルリンでの出来事を書いたものだが、私が高校生のころは、やはり近代的自我からの読み方しか教わらなかった。それを前田愛はベルリンから読み直し、はるかに広く深くなった。小説は筋書きではなく言葉の背後にある「含意」が重要、という構造主義言語学がもたらした方法が、その背景にある。

もうひとつ「文学は耳で聞くものだった」という事実を指摘した。四書五経の学びも庶民文学も、江戸の読者は音で体に刻み込んだ。『浮世床』や『浮世風呂』は江戸に集まるさまざまな地方の人々の声で満ちあふれている。声に出して読みそれを共有する習慣は、近代になって失われていった。書き手も次第に音の感覚を失っていった。

しかしそれを失わなかった作家がいる。石牟礼道子だ。私が石牟礼文学に出会った最初は朗読であった。一〇月二二日に東京・下北沢のアレイホールで、井上弘久氏による『椿の海の記』の朗読と、音の価値について語り合うシンポジウムが開催される。

（'22・10・5）

高知の豊かさ

多様な地域で展開されている「熱中塾」の講演があって、高知県に出かけた。演題は「江戸文明のしくみ」だ。私は渡辺京二氏の考えと同じで、江戸時代をひとつの「文明」と考えている。文明は生活や価値観全体を通しての、「まとまり」である。

地方に出かけるたびに感じるのは、各地に江戸文明の面影が残っていることだ。ローマ帝国の影響が及んだ欧州各地に建築物や道路が断片的に残っているように、日本の地方都市には、水をたたえた堀に囲まれた城や城跡、城下町の町割り、武家屋敷、武家の知識と教養を象徴する古文書、典籍、地図、絵画、茶道具、陶磁器、能面、香道具、工芸品、刀剣、陣羽織、具足などが文明の「型」として残っているのである。高知も例外ではなかった。膨大な資料が歴史博物館に収納されている。

寺や神社や藩校の跡なども各地で散見される。四国八十八ヵ所の一部である高知県の場合は、寺は全国から集まる人々のために今でも大事な役割を果たしている。

都市の外では広々とした海辺や山林、透明な川の流れに幾度も出合う。東京の出版社や印刷会社を退職して移住し、新しい仕事を始めた人々に巡り合うと、そのわけを納得する。共同体の自治も、米、酒、紙、木材、道具類、野菜、魚介類の捕獲や生産・保存・料理方法も残っている。江戸時代より工夫されて高度になったものもあれば、限定的になったものもあるが、何より驚くのは、残してきた人々がいることだ。

「不便の中には便利が省略してしまったとても大事な『ものの道理』というものが存在している」と、移住者の一人であるデザイナーの迫田司さんは『四万十日用百貨店』（羽鳥書店）の中に書いている。「ものの道理」が文明の根幹だった。地域に暮らす人々こそがそこからもう一度、豊かさを見直すことができるのではないだろうか。

（'22・10・12）

大江戸視覚革命

福岡でタイモン・スクリーチ氏と対談した。彼の書いた『大江戸視覚革命』という本を一九九八年に高山宏氏と共訳したからである。スクリーチ氏は日本美術を専門とする英国人だ。今年、山片蟠桃《やまがたばんとう》賞と福岡アジア文化賞を立て続けに受賞したのだ。江戸文化や歴史を研究する外国人が増えている。欧米人のみならず中国や韓国の留学生の中にも、江戸時代を専門にする研究者がいる。スクリーチ氏は、とりわけ多くの著書が日本語訳で刊行され、日本で知られるようになった。

『大江戸視覚革命』の原題は「The Western Scientific Gaze and Popular Imagery in Later Edo Japan」であるから「革命」は翻訳時につけたものだ。江戸時代後半になってから、庶民を対象とした黄表紙（絵を中心にした本）や浮世絵が膨大に作られた。その要因の一つが、海外から入ってくる書籍や絵画や機器類であった。原題から浮かび上がるのは、レンズやガラスや銅版画や解剖図などが示した視野が、知識人や蘭学者に影響を与えただけでなく、江戸時代の庶民の生活文化を変えたという観点である。つまりそこに「視覚」の庶民レベルでの変革があったのである。

人文科学の研究は歴史、文学、美術などに分かれている。歴史の中はさらに経済史、思想史、都市史、地域史などに分かれている。しかし江戸時代を研究すると自分の領域だけにとどまっていることが不可能で、越えるのが今や当たり前になった。スクリーチ氏はその先駆だったのだ。美術史の専門家だが「美術」とされてきた領域にとどまらず、文学の領域である黄表紙に注目した。歴史や美術が無視してきたその場所に、分け入ったのである。日本ではとりわけ制度的・世間的常識に呪縛される傾向が強い。新たな発想やイノベーションのために多様性が必要とされるのは、学問の世界でも同様なのである。

（'22・10・19）

家業としての政治

安倍晋三元首相の母、洋子さんが出版した本の題名が『宿命』であると知って、青木理氏の『安倍三代』に書かれていた妻昭恵さんの言葉を思い出した。「天命だということは、本人も自覚していると思います」。平安時代の歴史を見ているような気分だ。戦後の民主主義国家において、人が自らの意思と知性と努力で彫琢《ちょうたく》した思想及び、それに同感した国民の選択によってではなく、「宿命」「天命」で政治家になり首相になるとは、いったいどういうことか？　青木氏は取材を通して安倍元首相の中に、「運命」を演じきれる、と考えている程度の核しかない「空疎」を見たという。

江戸時代では、武士は家を存続させることが何よりも大切だった。武士の給与は個人にではなく家に給付されたからだ。武士の仕事は「家業」だった。日本の政治は天皇家と武家の世襲によって保たれてきたのだ。他方、人口のほとんどを占める庶民にとって、制度としての「家」はあまり意味を持たない。実際、正式な「氏姓」は武士階級しか持っていなかった。

さらに武士の中でも大多数を占める藩士は家単位で大名に仕えるのであるから、藩における家の力が常に問われた。地域の人脈作りと家業継続こそが武士たちの生涯の任務だったのである。

そして明治維新。明治政府の要職は薩長土肥出身者、とりわけ長州藩の出身者が占めた。彼らは限られた藩出身者に権力を集中させる「藩閥政治」を実施した。その筆頭が山県有朋である。国会が開設されて政党政治が始まっても、有朋は藩閥にこだわったという。この人、国葬で菅義偉前首相が安倍元首相にささげた短歌（安倍氏が既に別の人物の追悼で使っていたらしいが）の作者である。国民ではなく家業と藩業のための政治という意味で、見事につながっている。岸田文雄首相も世襲主義の家業政治家のようで、継承準備がもう始まっている。

（'22・10・26）

目黒のさんま方式

前回「家業としての政治」を書いた後、雑誌で佐高信さんと対談をした。その時、思ってもみなかったことを教えていただいた。

私は世襲政治家たちの、自分自身の思想を持っていない、本を読まない、世の中の変化を知らない、スピードに追いついていない、ものを考えない、結果的に「運命」に身を委ねていて宗教じみている、というこれらの特色が不思議で、それは家業のためだけに政治をおこなっているからだろうと結論した。

しかし佐高さんによると、それは彼らが自民党の中でみこしの役割を振り当てられたお坊ちゃんたちであって、みこしを担ぐ方にしてみれば「何も知らず何も考えない」ことこそ望むところなのだ、というのである。

私の脳裏に浮かんだのは「目黒のさんま」である。江戸時代、お殿様と呼ばれる将軍や大名に下魚のさんまを出すことはなかった。その殿が、たまたま目黒の農家で焼きたてのさんまを食べて感動する。城でさんまを所望するが、骨と脂を抜いて椀物《わんもの》にしたさんまが出てくる、という話である。

この落語は実によく武家社会の実相を捉えている。政治の現場では結局、国民の現実生活について何も知らない世襲の将軍を象徴として扱い、老中が実権を握った。田沼意次や松平定信は歴史上名が知られているが、将軍ではなく老中である。藩の大名たちも同じようなものだったろう。

日本の歴史も世の中の現実も骨と脂を抜いて提供され、お坊ちゃんたちには称賛する声のみが届けられ、そうでない情報が入れば「それは共産主義者が言っているに過ぎません」とささやかれるのだろう。

現代の政治家は選挙で選ばれる。この現象は結局、有権者たちが政治家の政策や思想ではなく、血筋や権威や知名度に投票している結果なのだ。有権者はこのまま骨抜きのさんまになってしまってよいのか？

（'22・11・2）

宗教政策が必要

先月、宗教法人の解散命令を請求できる要件に、民法の不法行為は「入らない」と言っていた首相答弁が、翌日には「入りうる」と変わった。また、旧統一教会関連団体が、自民党の国会議員に教団が掲げる政策への賛同を求め、それと引き換えに選挙で推薦する、という確認書を示していたという事実も明らかになった。

今の政権には宗教政策が無いのだろう。解散命令に慎重になる理由として「信教の自由」を挙げるが、それを定めた憲法二〇条にはその後に「いかなる宗教団体も、国から特権を受け、又は政治上の権力を行使してはならない」「何人も、宗教上の行為、祝典、儀式又は行事に参加することを強制されない」「国及びその機関は、宗教教育その他いかなる宗教的活動もしてはならない」と続いている。これは歴史の反省から生まれた条文である。

和辻哲郎が『日本倫理思想史』に書いていたことを思い出す。中世では、仏教が武士の精神的指導を担っていた。信長は乱暴な方法ではあったが、そこから離脱しようとした。さらに家康は書籍の印刷体制を整え、儒学に武士の精神的指導権を移した。儒学は怪力乱神を語らず来世信仰もなく、人倫の教えを一貫させていたからだ。そこで江戸時代は、多様な学問と思想が生まれ、相互批判する時代になったのである。

憲法二〇条は宗教弾圧の歴史とともに、宗教が政治に介入した歴史も視野に入れている。平安京遷都は、仏教の執拗《しつよう》な政治介入を避けるためだったと言われている。近くでは戦死者を「英霊」として祭る靖国神社と、国民を戦争に結集させた国家神道も「国は宗教的活動をしてはならない」という禁止の対象と考えている。

政治は常に宗教を利用しようとしては巻き込まれてきた。その歴史を政治家は深く学び、政権は宗教への毅然《きぜん》とした姿勢と政策をもつべきだ。

（'22・11・9）

をちこち・その1

和菓子の叶匠壽庵《かのうしょうじゅあん》本社のある大津の寿長生《すない》の郷《さと》で、先月催し物が行われた。近江ARS主催の「龍門節会《せちえ》」である。

「節会」とは王朝時代、季節の変わり目におこなった催し物だ。この日は二十四節気の「霜降」。歳時記では「晩秋」である。六万三〇〇〇坪ある寿長生の郷には、色とりどりの紅葉が広がっていた。

「をちこち（遠近）」「虚実」という言葉で表現した松岡正剛さんの企画は見事だった。いにしえ（遠）と今日（近）を組み立て、そこに「虚実」が交わる。「虚に居て実に遊ぶ」とは芭蕉の言葉だ。古典世界に入り込み、そこから今の現実を熟知し表現する、という意味でもある。四季が明確であったかつての日本を思い起こしながら、地球温暖化の今の日本を感じ取ることが、私たちには必要なのかもしれない。

遠州茶道宗家の小堀宗実お家元がいらして、茶席の床の間に花を生ける過程を、言葉にしながら見せてくださった。すでに生けてある茶席に入るのが通常の在り方だから、茶席がどう組み立てられるかの一端を知る貴重な機会となった。山から採ってきた枯れたあじさいから始まって、数種の野草を上に立ててゆき最後に枯れススキを飾る。花は盛りのみが良いわけではない。死に向かって枯れ行く生にも美がある。晩秋の野が床の間に出現した。屋内が、遠くの野山に広がる。さらに掛け軸によって遠い時代に抜け出ていく。床の間とは、そこで時空が拡大する場所であった。

季節を取り入れて歴史を刻んだ和菓子も、床の間と同様の遠近を持っている。叶匠壽庵では郷で栽培した果物を菓子にする。この日は多様な色の紅葉を再現した干菓子が幾重にも重なった玉の形で現れ、それが崩されるとたちまち野山になった。書き尽くせない一日だった。四季の変化は日本文化の根源である。その行方が一層、気になる。

（'22・11・16）

をちこち・その2

前回、大津の寿長生《すない》の郷《さと》で行われた「龍門節会《せちえ》」について書いた。その続きである。この催し物は「をちこち（遠近）」「虚実」という見立ての言葉で表現され、それは「本」というものについて考える場でもあった。

参加者は会場に入ると、「あなたにとっての一冊を教えてください」と言われる。カードにそれを書き落款印とともに渡すと、松岡正剛さんが辻倉の和傘に一冊ずつ筆でしたため落款を押す。これが節会の「開始」であった。

ちなみに辻倉とは、日本最古の和傘屋である。和傘は古代からあるが、江戸時代に技術革新されて開閉が楽になると、たちまち庶民の持ち物になった。辻倉も江戸時代の一六九〇年創業である。

竹骨の間の和紙に書籍の題名を一冊ずつ書いていくと、まるで一揆の時の傘連判のようになった。傘連判は傘の形に似せて円形に署名することで、首謀者を分からなくさせる仕組みである。また、辻《つじ》に広げた傘の下は日常とは異なる世界とみなされ、語り物や芸能が行われた。いにしえの一揆や語り物と重なりながら、そこに書籍の世界が現れた。「あなたにとっての一冊」と言われたら迷う。しかし迷いながら気づく。読んできた本の歴史は、自分のもう一つの歴史なのだ、と。人間には身体とともにある現実の歴史だけではなく、頭脳の中に展開している別世の歴史があり、それはそれは遠近広大な世界なのである。

節会の最後には、三井寺（園城寺）の福家俊彦長吏がたくさんの書籍を手に取りながら、自らの読書歴を語った。まさに僧侶としてではなく、個人の別世の歴史である。直前には大津市歴史博物館の横谷賢一郎氏による、自らの掛け軸の披露があったのだが、それもまたご自身の別世の歴史なのだった。書物や書画を自らの世界として持っている人々のことを、江戸時代では「文人」と言った。

（'22・11・30）

三味線の居場所・その1

一九八八年に『江戸の音』（河出書房新社）という本を出した。三四年も前のことだ。総合誌に「淫のはたらき」という三味線論を書いたところ、編集者の目にとまって「語りおろしで本に」ということになったのだ。聞き役の一人は詩人の平出隆さん、対談は故・武満徹さんが相手をしてくださった。とてもぜいたくな体験だった。

三味線が気になったのは、日本の歴史の中で江戸時代だけが、三味線の音であふれていたからである。出雲の阿国が傾《かぶ》き踊りを始めた時にはまだ三味線はない。しかしそれを継承した遊女かぶきが始まった途端に、舞台に三味線が現れた。琉球から日本に入ってから約四〇年がたっていた。その間、琵琶法師たちが三味線を手にとり、新しい音を奏で始めていたのである。彼らが遊女たちに三味線を教えた。

海外からやってきたこの楽器は瞬く間に歌舞伎の空気を作り上げる。遊女たちが着物にたきしめた伽羅《きゃら》の香りが劇場に満ち、大勢で踊る華やかな着物が人々を魅了する。それを見ていた儒者は三味線の音を「淫声《いんせい》」と名付けた。この時代の三味線の居場所は歌舞伎と浄瑠璃と座敷であり、それは胸の高鳴る享楽を呼び起こしたのだった。後に「サワリ」という、雑音を発する改造がなされた。一本の弦を駒から外し、それがビーンというノイズを加える。それがまた三味線を、今までにない衝撃の楽器にしたのである。

しかし近代になると、太棹《ふとざお》で浄瑠璃の言葉を引き立てる義太夫三味線は別として、三味線の音は粋でしんみりした情緒をもつ音、と理解されるようになった。「いきの構造」は、歌沢の「渋み」を、清元の「いき」の表れとしている。三味線の居場所は、にぎやかな享楽を作り出す場所から「いき」の場所に移った。

ところで今、三味線の居場所は一体どこにあるのだろうか？

（’22・12・7）

三味線の居場所・その2

前回、「今、三味線の居場所は一体どこにあるのだろう?」という問いで終わった。三味線はさまざまな場所を経巡りながら、どうやら現代音楽にも、その居場所を見つけた気配である。

三味線の演奏家でもある野澤徹也氏は、三味線など邦楽器の現代作品が定着したのは一九六五年から七五年ごろだと書いている。私がよく聴く三味線の演奏家で作曲家の本條秀太郎氏が「俚奏楽《りそうがく》」という新しい三味線のジャンルを創造したのも七一年だった。本條氏はこの活動で、それぞれの時代の「うた」と三味線とが持つ自由闊達《かったつ》な表現を、取り戻そうとしている。「目を閉じれば映像が浮かびあがり、自然の〝ゆらぎ〟のなか、空想の世界へと誘《いざな》ってくれる」と本條氏は俚奏楽について述べる。三味線の音と歌は劇場で聴いていても、そこを山や海や座敷に変えてしまう。三味線は伝統芸能に位置を占めながら一方で現代音楽に居場所を移し、西欧音楽に「自然のゆらぎ」という三味線の本質を加えているのだ。

先日、若手の和楽器グループMAHOROBAの旗揚げ公演に出かけた。「正方形の月」「待宵歌」「炎―かぎろひ」等どれもが本條氏が作曲した現代音楽であった。グループの一員である本條秀慈郎氏が、一柳慧氏の遺作となった「ヴァイオリンと三味線のための二重協奏曲」をサントリーホールで初演するのも聴いた。バイオリンは旋律を奏でる。三味線はそこに強い句読点を加え、自然界に引き戻す。秀慈郎氏は坂本龍一氏が制作したアルバム「async」にも参加しhonjを弾いている。この曲は七四年に三木稔氏が三味線のために作曲した「奔手《ほんじゅ》」に連なっているように聞こえた。「奔手」は、豪雨の後に洞窟で遭遇した奔放な水流を表現したものだった。藤倉大氏の「三味線協奏曲」や「Sawari」も面白い。どれもが現代音楽を自然に引きずり込んでいる。

（'22・12・14）

再利用でいいの？

江戸時代は盛んに資源の再利用をおこなった。目的は「困りごとを解決するため」である。例えば参勤交代が始まって人口が増えると、人間や馬の排せつ物とゴミが増えた。それまで排せつ物や不要物を川に捨てていたのだが、さすがに川は汚れるし、川底は上がってきて舟の航行に支障をきたす。そこで川への投棄を禁じた。

すると排せつ物を肥料にすべく農民がやってくるようになった。効果的だというのでやがて問屋制になり、下肥問屋が人を雇って集めるようになると、テリトリー確保のために屋敷や長屋に野菜や現金を渡す仕組みが出来上がった。

着物はほどいて別の用途で使いきり紙は漉《す》き返した。使用済みの木材も次の建築に使い、諸道具も修理して可能な限り長持ちさせた。経済とは人を救う「経世済民」の意味だったので、物を最大限生かし、社会を安定させるのは当たり前のことだった。
そこで疑問が湧く。使用済み核燃料、除染廃棄物、除去土壌などはいまだに再利用の「資源」とされている。しかしプルトニウムを再び発電に使う核燃料サイクルについては、再処理工場の完成時期が二六回も延期されている。莫大《ばくだい》な費用もかかっている。

一二月一日の毎日新聞によると、日本は原発の使用済み核燃料を英仏に送り、それぞれの国でプルトニウムを分離しMOX燃料にして納入してもらう方法をとってきた。しかし英国の工場は閉鎖され、現在はフランスでのみ作られてきたのだが不良品が相次ぎ、納入は遅れがちだという。

再利用に固執し続けたことで廃棄物は増え再生可能エネルギーの開発も遅れてしまった。しかしまた「再処理技術の確立」が提案されている。最終処分場も決まっていない。困りごとを解決し万民を救済するための再利用とは正反対に、困りごとを増やしている気がしてならない。

（'22・12・21）

パンとサーカスの一年

「パンとサーカス」とは、古代ローマの権力者が穀物を無償配布しスポーツ観戦に熱狂させることで、人々を政治への無関心に誘導したことを指している。無関心は有効な統治方法なのである。

一方、江戸幕府は米の無償配布などしなかったし、芝居は庶民自らが制作して演じるものだった。結果的に人口の八割を占める農民の一揆は一五九〇年から一八七七年の間に三七〇〇件あまり発生した。平均すると月に一回は日本のどこかで一揆が起きていたことになる。日本人のこの抵抗精神はどこに行ったのだろう。今の日本を「誰もが自発的に服従する国」と書いたのは島田雅彦氏である。

島田氏が日本の姿を明瞭に浮かび上がらせた小説の題名が『パンとサーカス』だ。

二〇二〇年七月から東京新聞で連載され、私は連載時に読んでいたが二二年を振り返るために再読し、改めて時代の読みの深さに驚いた。単行本は安倍晋三元首相の銃撃事件前に刊行されたが、要人と党本部などを狙ったテロをテーマにしている。しかも日本ではテロさえもサーカスとして利用され、日本がさらにアメリカに奉仕する国になるよう方向づけられるという内容だ。

振り返ってみればその通りだった。旧統一教会問題に驚きあきれている間に、敵基地攻撃能力保有とそのための防衛費の倍増が決まっていった。しかしその布石は打たれていた。それ以前に日米同盟の対象が「インド太平洋」となり、米国は日本に地上配備型迎撃ミサイルシステムの整備を要求し、南西諸島での自衛隊配備が急激に進んだ。一五年には安保関連法で集団的自衛権行使を可能にしている。なぜ日本は沖縄を差し出し、米軍に多くの予算を割き、武器を次々と購入するのか？『パンとサーカス』はこのからくりに深く分け入っている。今のうちに読んでおいた方が良い。年が明けたら、何が起こるかわからない。

（'22・12・28）

II　江戸から見ると 2023年

外は、良寛。

昨年一二月に田中泯さんの舞踏「外は、良寛。」を見た。改めて、宗教に身を置くとはどういうことなのか、考えさせられた。

安倍晋三元首相の銃撃事件以来、宗教に疑いの目を向けるようになった人は多いと思う。私もうんざりした。しかし古代から江戸時代までの日本人は、信仰心がない人や批判する人はいたが、仏教と縁が無い人はいなかったのである。一体それが生き方とどう関わっていたのか、考えざるを得ない。

『外は、良寛。』という松岡正剛さんの三〇年前の著書がある。公演はその本をもとにしていた。「淡雪の中にたちたる三千大千世界《みちあふち》またその中にあわ雪ぞ降る」という良寛の歌に導かれるように田中さんは舞った。著書も舞踏もテーマは宗教ではない。

書、詩歌、それを成す身体、そして遊行という生き方である。しかし良寛は禅僧であった。

松岡さんは良寛が「禅機」だけに耳を澄ましている、と書いた。同じことを繰り返す「不断の禅林生活」にも注目している。そして「禅は良寛から良寛的なるものを引き出す」力があった、とした。現代人にわかりやすい例を挙げている。ぼんやりしていた子がサッカーを始めたことで自分に目覚める、という現象だ。大事なのはサッカーに目覚めることではなく自分に目覚めることである。練習と集中の繰り返しで、潜在している自分が引き出されるのである。

かつての日本人にとって、寺はごく身近にあった。貧困という事情や、将来に不安な要素を持っている子供が僧堂に入るのは珍しいことではなかった。そこでは社会とは全く異なる「ものの見方」が得られるものなのだが、しかしそれは繰り返される修行生活の中で、ある日訪れる視野の広がりだったろう。日本人が宗教を大切にしていたのはそこに真実があるからではなく、自らが解き放たれる契機とその方法があったからではなかったか。

（'23・1・4）

共同体の中の宗教

江戸時代の方がはるかに、宗教は人の身近にあった。しかし宗教団体に寄進して生活が立ち行かなくなるような事件が次々と起こる、などということはなかった。なぜ現代社会では、信仰がまるでギャンブル依存症のような症状を来すのか？

一つ思い当たることがある。それは近代における共同体の崩壊である。中世の仏教はその広がりの中で、村に「講」を作っていった。のちに単なる集まりの場になっていくが、念仏講として残っているところも少なくない。さらに江戸時代には檀家《だんか》制度が作られ、寺は住民を掌握するとともに葬祭供養を担った。寺は共同体とともにあったのである。そうすると、個々人が寺とどう関わっているかは、他の人々の目にも触れることになる。欧米における教会と同じように、共同体の成員との関係が、生まれた時から密接になるだろう。そういう環境では、まず孤独から宗教に熱狂する人は少ない。万が一宗教団体が過剰な要求をし、過剰な寄進をしようとすれば、周囲が異常を察知してそうはさせない。村落は単なる生活の場ではなく生産共同体なので、成員が深く経済的な傷を負えば、それは共同体そのものの傷になるからである。一家族の問題ではないのだ。

生産共同体から離れて都市労働に出て行った人々は、問題を一人あるいは一家族で抱えることになる。新興宗教はその不安な心に入り込んでいった。私の父は法華経を信仰する宮沢賢治に深い共感を抱いて生きた。私の祖父も法華信徒だったと聞いた。しかし父の兄弟は都市生活の中で創価学会に入った。父はその理由で彼らと交わらなかった。おそらく新興宗教は共同体の代理として機能したのだろう。

しかしそれが「金さえ払えば孤独から救ってやる」という巧みな仕組みを持っていたとしたら、それは詐欺やギャンブルと寸分も違わない。

（'23・1・11）

渡辺京二さんをしのぶ

昨年の暮れ、渡辺京二さんが亡くなった。在野の日本近代思想史研究者だ。『逝きし世の面影』では和辻哲郎文化賞を、『黒船前夜』では大佛次郎賞を、『バテレンの世紀』では読売文学賞を受賞なさった。これら江戸時代の初期から最後までを書いた著書で、私は目を開かされ、深い敬意を払ってきた。

『逝きし世の面影』に描かれた幕末・明治初期の日本人の姿には、多くの人が驚いた。眉間《みけん》にしわを寄せて金銭的な富を追い求める日本人とは全く異なる、知的好奇心にあふれ笑いを絶やさない日本人が、そこにはいたからだ。

『黒船前夜』は黒船つまりアメリカの軍事力が日本に市場の解放を迫る前に、いかに日本がロシアと緊密な関係を築いていたかを丁寧に書いている。『バテレンの世紀』

では、島原天草一揆をリアルに伝えた。

渡辺さんは法政大学社会学部の出身であったので、総長時代、熊本に行った折に大学のホームページのための対談に出ていただいた。二〇一八年八月のことである。半年前に石牟礼道子さんが亡くなったばかりで、「僕は失業したような変な気持ちでいます。喪失感といいますか何と言えばいいのか、とにかく変なのです」と、かみしめるようにおっしゃったのが耳に残っている。

渡辺さんは自ら執筆者であるとともに、『苦海浄土』以来、石牟礼道子さんの作品の編集と刊行を最後まで支えた。渡辺さんがいなければ石牟礼文学は存在しなかったのである。渡辺さんは対談のとき石牟礼道子さんについて、「古代の詩人は預言者、つまり言葉を預かる人でもあったことを考えると、彼女は文字通り天の言葉を預かった人だった」とおっしゃった。私には渡辺さんもまた、日本の歴史の、通常では見えないくぼみのような場所から、かつて生きた人々の声を預かり伝えた人であったような気がする。


（'23・1・18）

女たちの一揆・その2

「平和を求め軍拡を許さない女たちの会」が一月一一日に数人の女性で発足し、声明が編まれ二月八日の記者会見を決めた。そこから急速に男性を含む賛同者が広がり「#軍拡より生活！」のタイトルでChange.orgの署名運動に入った。署名は今も増え続けている。

声明は、今こそ必要な何もかもが棚上げされ先送りされ、税金が軍拡に使われることに抗議している。ケアに携わる人たちの賃上げ、女性が七割を占める非正規労働者問題の解決、大学までの教育無償化や給食費無償化、一人親家庭への支援などが棚上げされることで、少子化はさらに進む。しかもそれが国会審議も総選挙や国民投票もなく、女性や社会的弱者の声を聞くこともなく、進められている。

そこでこのコラムの題名を「女たちの一揆」にしようとした。一揆とは行動を共にすることである。しかしすでにそれを使っていた。二〇一七年六月七日にその題名で書いている。その時はWomen's Action Networkという女性組織について書いた。いわば日常の中での女性の気づきや発信がいかに大切かというテーマだった。

そこで今度は「女たちの一揆・その2」とした。同じ題名にしたことには訳がある。比較すると時代の変化がわかるからだ。今や日常ではなく非常時つまり戦時に差し掛かっている。その時、女性たちはどういう言葉を発しどう行動したか、それを記録しておかねばならない。なぜなら、これでおしまいではないからだ。前の戦時においては、政府や軍部によって「婦人会」が結成された。

兵士や遺族のための愛国婦人会、文部省による大日本連合婦人会、陸軍省による大日本国防婦人会、そして閣議決定を経て一九四二年に作られた大日本婦人会である。市川房枝も「女性解放のため」として組み入れられた。要警戒。からめ捕られないためには「反戦」や「戦争回避」だけを、目標にすることだ。

（'23・2・1）

パパラッチ

ネットフリックスで、インタビューと記録映像で構成された二〇二二年公開の「ハリー&メーガン」を見た。イギリスの黒人差別について知りたかったからだ。周知のように二人は二〇年三月に王室を離脱している。その理由がよくわかる作品だ。

「パパラッチ」という存在は江戸時代にはない。瓦版があったのでゴシップは売れただろうが、カメラがないので追いかける意味がない。英国のタブロイド紙や日本の週刊誌に写真を提供するパパラッチと、記事を書き、見出しをつける編集者は、人を傷つけることにたけている。それを買う購読者は、人を傷つけることで快感を得る。その両者の間で金が動く。

それを基にツイッターがさらに暴言を吐く。その対象が王族や皇族なのである。ダイアナ妃の事故のもとがパパラッチであることは疑う余地がないし、メーガンさんは自殺寸前だったという。日本の皇室の女性たちも病気に追い込まれた。こんな社会が、かつてあっただろうか。英国のタブロイド紙の理屈は、王族は税金で暮らしているのだから追いかけて消費しても構わない、というものだという。そこで彼らは英国の税金で生活するのをやめた。

アフリカ系アメリカ人の母を持つメーガンさんをめぐる膨大なヘイトツイートのうち七〇%が、たった八三のアカウントから発信されていたという。その多くは白人で中年の主婦だった。家庭に閉じこもり孤独で、個人としての誇りも持てない女性たちの問題は、日本ではカルト教団に献金するという形で出てきているが、週刊誌の購読やヘイトツイートも行っているかもしれない。

イギリス連邦加盟国は五六カ国にのぼる。王室離脱に追い込まなければ「多様性と平等」を示す絶好の機会だったが、イギリス国民はその機会を逸した。日本人による皇族女性報道の消費も、同じように残念だ。

（'23・2・8）

言葉は選ぶためにある

パパラッチとともに理解し難いのはツイッターでの暴言だ。頭に浮かんだことをそのまま言葉にする人が世の中にはいる。人間関係の中ではその場でひんしゅくを買っておしまいだが、ツイッターでは暴言の応酬になる。

ツイッターが出現した当初、私は期待を寄せた。日本は短詩系の国である。俳句や短歌に似たものになるのでは、と幻想を抱いたのだ。しかし全く違った。脳裏に浮かんだことを吟味も彫琢《ちょうたく》もせずそのまま言葉にするからである。

感じ取っていることに可能な限り近い言葉を選び、その言葉によって心を深く探り、違うと思えばさらに選び直して構成、彫琢する。それが俳句や短歌である。かつては歌合わせにおいて判者による評価があり、選ばれた和歌が編まれて和歌の集となった。

俳諧では、座に出された句が宗匠によって批評され、さらに磨かれた。

最初の和歌の集が「万葉集」である。リービ英雄氏に『英語でよむ万葉集』（岩波新書）という素晴らしい著書がある。「言葉は選ぶためにある」と腑《ふ》に落ちる本だ。例えば柿本人麻呂の「淡海の海夕波千鳥汝《な》が鳴けば心もしのに古《いにしえ》思ほゆ」の「しのに古思ほゆ」に think を使わず trails pliantly down to the past とした。心がおのずと、しなやかに古へと向かってしまう様子が表現された。

長皇子の「秋さらば今も見るごと妻恋ひに鹿《か》鳴かむ山そ高野原のうへ」の「妻恋ひ」に love を使わず、longing for his wife とした。片思いや離れたところにいる者へ恋い焦がれる感情は、悲しみや淋《さび》しさ、切なさを含む。どこか切羽詰まったその感情は love では表現できない。むしろ longing（思慕）や yearning（切望）に近いのではないか、と彼は言う。これは卓見だ。これこそ日本の恋の表現である。

今こそ言葉を選び抜こう。そうでないと、国家総動員言語に侵食される。

（'23・2・15）

活字人間・家康

大河ドラマで家康が主人公になった。「ドラマ」とは戦争のことらしく、思った通り、このドラマは戦いのない江戸時代には入らず、最後まで戦国武将として戦う家康を描くもののようだ。

結果として残念なことに、家康のもう一つの側面は全く伝わらないだろう。それは、家康が学問を愛する、当時としてはまれな武士であったことと、その学問を次の時代に伝えるために、熱心に活字出版を行ったことである。

すでにドラマで描かれたように、家康は子どものころ人質として今川義元のところで育ち、義元の師であった臨済寺の雪斎に学んだ。雪斎は中国の歴史書『歴代序略』を印刷刊行した人だ。書籍というものがあって初めて、物事を深く学び考えることができることを、その頃に痛感したのだろう。

家康は一五九三年に藤原惺窩を師として『貞観《じょうがん》政要』の講義を受け、学んでいる。中国で平和が続いた貞観時代の政治の要を学ぶための本である。例えばここには、賢明な君主は自分に短所があると知っているので臣下の忠告を受け入れるが、暗愚な君主は自分の短所を認めず、忠言を聞き入れないのでいつまでも暗愚だ等々、上に立つ者が人間としてどうあるべきなのか、が書かれている。

九九年以降、家康は活字を用いてこの『貞観政要』や『孔子家語』、そして武経七書と言われる七冊の兵法書を印刷刊行した。さらに駿府と江戸城に文庫つまり図書館を作り、征夷大将軍になったのちにも学者の講義を聞き、たった二年で将軍職を辞すると、今度は朝鮮銅活字を天皇から借りて、それをもとに駿河版銅活字を作り、「群書治要」を印刷した。活字は中国で発明され、一方でヨーロッパに伝わり、もう一方では朝鮮で発展したのである。

その後、活字出版物がちまたに出ていくことで、日本には書籍と印刷と学問の江戸時代が、出現したのである。

（'23・3・1）

出兵しなかった家康

前回書いたように、大河ドラマは戦う家康のドラマであって、学問と書籍で新しい時代を作った家康には会えないと思われる。本当は見るべき家康がもう一つあるのだが、これもきっと見られないだろう。それは、朝鮮に出兵しなかった家康である。

一五九一年に秀吉は諸大名に朝鮮出兵を命じる。出兵にあたって九州の唐津の海辺に名護屋城を築城するのだが、その人手や費用も諸大名に負担させた。家康は名護屋城には行ったものの、出兵はしなかった。九〇年に江戸城に入った家康は、城下町建設で多忙であることを理由にできただろう。

朝鮮出兵とは、今で言えばロシアのウクライナ侵攻のようなものであり、中国がインド太平洋に進出するために台湾を支配して足場にしたいと考えたり、米軍基地のある日本列島や沖縄諸島を邪魔だと感じたりするのと同じである。つまり秀吉は、中国を支配しインドとフィリピンの貿易を独占するために、朝鮮半島を支配して自由に通れるようにしたかったのだ。

周知のように結果は惨敗であった。九八年に秀吉が死去すると家康を筆頭とする五大老は直ちに撤兵を命じ戦争を終わらせた。しかし出兵した大名たちの疲弊は甚だしく、出兵しなかった家康は力を温存し、次の時代に備えることができたのである。

秀吉はマニラのルソン総督に服属を勧告していたが、家康は逆にルソン総督と友好関係をむすび、マニラ港に入ってくるガレオン船の日本への寄港を歓迎する書状を出す。日本人海賊を処刑したので航路が安全であることも伝えた。ウィリアム・アダムスが漂着したことでカトリックを排除することになり実現しなかったが、マニラへの日本船の受け入れも要請したのだった。家康のこの姿勢によって朝鮮との国交回復も実現し、西ヨーロッパとの貿易と交流は、江戸時代を通して続いたのである。

（'23・3・8）

その時代の日本

「その時代」とは江戸時代のことである。江戸時代は実に個性的な時代だ。一六一五年の大坂夏の陣で豊臣家が滅ぶと徳川家は元号を元和とした。これを「元和偃武《えんぶ》」という。幕府が意図的に武を偃《ふ》せるという意味では、実に一八六八年の戊辰戦争まで二五三年間、対外戦争では九四年の日清戦争まで二七九年間、戦争がなかった。私たちの時代は敗戦からまだ七八年しかたっていない。しかもあと数年でまた戦争に巻き込まれるかもしれない。江戸偃武は理想の時代なのである。

戦国時代までと江戸時代には、いったいどのような違いがあったのだろうか。まず日本の歴史の中で、対外戦争と内戦を止め続けたまれな時代なのである。その上で「ものづくり」つまり創造と、その盛んな「流通」があった。戦国時代まで優れたものは銀で支払って中国その他から輸入していたが、江戸時代では輸入を減らしそれらを国産化していった。絹織物や綿織物、磁器や生薬など生活に必要なものからぜいたく品まで、ヨーロッパや中国やインドから絶えず情報やものを入れ、日本人の生活に合わせてそれらを変容させながら、新しい商品を次々に生み出していった。それらの商品は国内で大量に流通し続けた。

ものづくりの中に、家康の活字本製作をきっかけにした書籍の登場がある。印刷は文字にとどまらず浮世絵の登場も促し、一大市場を形成したのである。書籍と関わりながら発展したのが遊郭や歌舞伎や浄瑠璃や相撲、小説類や俳諧や狂歌や落語、各種のマニュアル本である。これら江戸文化の担い手は武士から町人、農民、職人層にまで及ぶ。

現実社会は身分と「役」によって秩序づけられていた。家康は亡くなる直前に武家諸法度と禁中並公家諸法度を発布した。治めるための法令、都市と流通の仕組み、その中で創造力が動き続けたのである。

（'23・3・15）

戦争の足音・その2

とうとう最終回が来てしまった。二〇一五年の四月一日から八年の間、読んでくださった皆様、ありがとうございました。

ところでその第一回の題名が「戦争の足音」だった。最後の題名を何にしようかと思った時、なんと同じ題名が頭に浮かんだ。二〇一五年の時は、歌川広重「名所江戸百景」の御殿山に描かれた、大きくえぐられた山の光景を取り上げた。大砲を据えつける台場を作るために桜の名所を削ったのである。私はそれを示しながら「戦争の足音が聞こえる」と書いた。

そうやって江戸時代が終わり、戦争の近代が始まった。一八九四〜九五年に日清戦争、一九〇四年から〇五年に日露戦争、一四年から第一次世界大戦、三一年に満州事変、三七年から日中戦争、四一年から太平洋戦争、そして四五年の敗戦。明治から終戦までの七七年間に、これだけの戦争があった。

そして終戦から七八年目の今日、私は「今や戦時体制だ」と発言し、書き続けている。昨年おこなわれた「防衛力強化の有識者会議」では「武器輸出の制約を取り除き民間企業が防衛分野に積極的に投資する環境をつくることが必要」「防衛産業を国力の一環と捉え直す」「防衛装備品の輸出拡大」、そしてその果ては「あらゆる施策を国として一丸となって総動員する仕組みを作るべきだ」と、国家総動員まで提唱されている。戦争回避の努力をしているのではなく、米国がしかけるであろう台湾有事の可能性を利用し、軍需産業で大企業が生き延びようとしているのだ。

近代日本は、国民の命を使って大企業が金をもうける時代になってしまった。自民党がそれを支え続けた。トリクルダウンなど起こらなかった。大企業は内部留保で太り、貧しい人はさらに貧しくなった。「戦争の足音」で始まった連載が、再び足音を聞くことで終わることが、つらくてたまらない。

（'23・3・29）

Ⅲ　時代を読む 2021年〜2023年

それどころではない人々

三月に法政大学総長を任期満了で退任し、定年延長期間が残っていたが、同時に教員も退職した。三ヵ月ぐらいで新しい生活に慣れてくると聞いていたが、それは今までの体調や精神状態が変化する、という意味かもしれない。なぜなら、七月に入って間もなく、体調を崩したからである。胃痛や背中痛が中心症状なのでコロナではない。しかし痛いのであるから集中力をなくし、物事をあまり楽しめない。老老介護の毎日である。締め切りもいろいろ抱えている。

その中でオリンピックが始まった。ニュースをちらちらと見ながら、「感動で結束をといってもね」と、テレビもインターネットも見られない人々のことに想像が及んだ。私ですら見る気になれないのに、コロナ患者をはじめとするもっと重い病のさなかにある人は、それどころではないはずだ。彼らを治療する医療従事者は、さらにそれどころではないだろう。職を失い次の職探しや食べ物の調達に走り回る人々も、暑い中たいへんな毎日だ。店が立ち行かなくなって閉めようか、それとも次の一手を、と考えあぐねている人々も、それどころではないであろう。

つまり結束どころか、分断はさらに深まっているのではないか。分断は、オリンピックに賛成とか反対ということではなく、そもそも見られるか見られないか、感動できるかできないか、毎日の仕事と生活に精一杯か否か、によって起こっているのだ。見られない人への想像力を持つことは、いやに楽観的な政治家たちによって営まれているこの国にあっては、とても大事なことのように思える。

日本だけではない。中国河南省の大雨で地下鉄の中で溺れそうになっている人々を見て、他人事《ひとごと》ではないと思った。米国西海岸の高温と山火事もすさまじい。これらは地球温暖化という全世界が共有する事態による。日本や世界はオリンピックによって盛り上がっているわけではなく、今をなんとか乗り切りあるいはこれから起こる出来事にかたずを呑《の》んでいる、と考えた方が事実に近いだろう。

「六大学初の女性総長」としての、最後の学位授与式で私は、「女性は総長や副大統領になることができるようになりましたが、そこだけ見ていていいのでしょうか?」と投げかけた。同時に、昨年の冬にバスの停留所で殴られて死亡した六〇代のホームレスの女性のことを語った。企業も大学も女性役員を増やそうとしている。組織が変わるためには、それはとても大事なことだ。しかし女性たちに向かって地位への競争を促すことでは、何も解決しない。今の自分からは見えないものを、努力して見てほしい。大学の役員は受験生の数だけ気にするのではなく、受験すらできない高校生たちにも目を向けてほしい。元気に学校に行かれる子供たちのことだけでなく、教師は登校できない生徒に想像力を働かせてほしい。

長期間で言えば、福島の原発事故後の後始末は、他の原発の再稼働も含め何も終わっていない。短期間で言えば営業困難や生活困窮や失業への支援、そしてワクチンが行き届いていない中で、オリンピックは行われている。都の新規感染者数は七月三一日に四〇〇〇人を超えた。オリンピック後の日本が気になる。どんな亀裂が走り、どんな分断が生まれるのだろうか? これが単なる胃痛による杞憂《きゆう》だといいのだが。

('21・8・1)

このあとどうする？

パラリンピックも今日で終わる。祭りの後、積み上がった課題をどう乗り越えていくか。

教育現場で言えば、日本私立大学連盟は「ポストコロナ時代の大学のあり方」という提言を発表した。柱は「学びの危機管理」と「新しい学びの方法」である。これからの大学は、地球温暖化を一因とするパンデミック（世界的大流行）と豪雨洪水などに備えなければならない。デジタルをより良く活かすことで、学びを止めない方法を提言した。

さらに、デジタルによって集団的な教育から、個々人の特性に合った学びに入っていく道を提案し、各大学が新しい方法の開拓を行っていくために大学設置基準の大幅見直しを求めた。今は従来発想から大きな一歩を踏み出す時だ。文部科学省はその意味を十分に咀嚼《そしゃく》し、決断していただきたい。

社会全体も変わっていかねばならない。日本の食料自給率はカロリーベースで約三七％にまで落ちた。東京への極端な人口集中の解消と地方への分散居住、そして自給率向上は、組み合わせて政策を考えるべきだろう。江戸時代直前までの日本は豊かな鉱物資源に頼って、中国をはじめとする海外に技術産品を依存していた。しかし世界貿易の変化と鉱物資源の減少でたちまち危機に陥り、そこから脱却するために、技術を自ら磨いていく新たな江戸時代社会を作り出したのである。どのような国を作るか明確な目標さえあれば、社会を変えていくことは可能である。

個人にとって最も大切なのは「生き方」であってお金を稼ぐことは手段にしかすぎないように、「経済成長」は手段であって国の目標にはならない。国民国家の目標は国民ひとりひとりの人権を守り、命の保全と健康な生活と移動と思想と表現の自由を等しく保障することだ。経済成長は国民の命や健康を犠牲にして追い求めるものではない。経済の原義である経世済民の地点に戻って社会を作り直していかねばならない。

重要な人権上の課題が、ジェンダーギャップである。日本の女性解放運動は一九一一（明治四四）年の『青鞜《せいとう》』に始まる。それから一一〇年たつが、女性差別の無い社会を実現できていないことが、男性たちの発言や、非正規社員のコロナ下での解雇と女性の自殺率の急増であからさまになった。同一労働同一賃金だけでは、問題は解消しない。まずは女性たちの生活の支えが必要だ。そして、現政府が選択的夫婦別姓制度を通せないのであれば、政権交代しなければならない。LGBTも理解できないならば、多様性の根本を理解できないということなので、やはり政権交代が必要だ。どちらも今後の社会の開かれた展開に不可欠な意識だからである。

現政権は、多様性の価値を理解できず、科学的データを政策の根拠に使えず、デジタル化を行政システムに活かせず、世襲議員に頼り、人脈で人を判断し、米国の保護領的な扱いに甘んじてきた。幾多もの「時代遅れ」が集積してそこから抜け出せなくなっている。経済成長を唱えていれば済んだかつての東京五輪の時代から、現政権の頭脳が一歩も進んでいなかったことが明らかになった。この極端な時代錯誤に歯止めをかけなければ、日本はもたない。そのような危機意識をもった政権に登場してほしい。

（'21・9・5）

六人の任命を求め続ける

岸田内閣が発足した。しかし公文書改ざん、桜を見る会、日本学術会議会員の任命拒否問題など、説明がなされていない問題については、やはり何も説明しないようだ。つまり「自民党」という存在の顔の部分だけ仮面をつけかえ続けているだけで、中身は何も変わっていないし、変えるつもりもないと見える。その価値観は、菅前首相の五輪の際の発言のように、一九六四年からほとんど変わっていないのではないだろうか。今や自民党は懐古党ともいうべきもので、安倍政権の時には、その懐古ぶりが戦前にまで及んだ。自民党の、天皇を元首とし家族を国家の単位とする憲法改正草案から見える社会は、戦前の日本社会である。

戦前と言えば、ごく普通の年表を眺めていても、一九三〇年代の動きはすさまじい。

文部省が学生思想問題調査委員会を発足させ、小林多喜二が検挙・虐殺された。滝川事件において政府は、国家に批判的な態度をとる学者たちへのあからさまな発禁処分や大学への罷免要求をおこなった。そして美濃部達吉の天皇機関説を不敬罪で告発し、矢内原忠雄は東大を追われた。学問の世界だけではなく映画法という法律が公布され、脚本が事前に検閲されるようになった。これらはすべて一九三〇年代に起こっている。満州事変、盧溝橋事件、国家総動員法も一九三〇年代の出来事である。

日本学術会議会員の任命拒否問題は、このような戦前の動きを想起させた。なぜなら、戦後憲法の精神に反するからだ。憲法では第一九条の思想及び良心の自由、第二〇条の信教の自由とは別に、二一条に「集会・結社・表現の自由」を、二三条に「学問の自由」を、「これを保障する」という文言で定めている。個人が自由に研究すればよい、と言った意味での自由ではなく、「表現」と「学問」は、どちらも時の政権から根本的に自由でなくては、社会がそこなわれるからである。

とりわけ学問は長い時間をかけ、世界中の多様な観点からの相互批判によって発展してきた。批判によって分野も変化しデータの新発見もあり不正や虚偽も発覚し、基盤研究も応用研究も社会の一翼を担ってきた。その積み重ねが一国の一時期の政権によってそこなわれるなら、それ自体が社会や国民にとって大きな損失なのである。それが自明であるから、学問の自由は憲法によって保障されている。任命拒否問題は、政治家が憲法の意味するところを理解していないのではないか、という深刻な疑念を抱かせたのである。任命拒否の後、千を超える学会その他が抗議声明を出した。前代未聞のことだ。さらに表現者たちの抗議にも広がった。

ノーベル物理学賞を受賞した真鍋淑郎《しゅくろう》さんは、強い好奇心によって研究を続けてきた。その真鍋さんが日本に帰らない理由として「私は調和の中で暮らすことはできないものですから」と語ったという。研究は権力や世論を忖度《そんたく》できない、ということだ。一〇月二日に開催した「学問と表現の自由を守る会」主催のシンポジウムにおいて、広渡清吾学術会議元会長は、忖度はドイツ語で「先取り的服従」というのだと教えてくださった。服従ばかりしていたら好奇心は発揮できない。まともな研究も表現も人間性も育たない。六人の任命を求め続けていくことは、社会のための闘いなのである。

（'21・10・10）

国民の四分の一が決める国

衆議院選挙から二週間が過ぎた。いろいろなところでいろいろな人が、いろいろなことを語っている。しかし私がもっとも深刻だと思ったのは、投票率の低さである。約五六%。国民のおよそ半分しか投票していないなかで日本のこれからが決まってしまう。多くの議席を得た党は、本当はさほどの支持を得ていないのに、「国民の圧倒的支持のもとに」と言ってさまざまな政策を推し進めるだろう。あるいは、決めるべきことを決めないだろう。これが、投票率の低さが引き起こすことだ。

与党が進めたくないのは、この社会の多様性である。同性が愛し合って養子を迎え笑って暮らせば誰も迷惑を被らず幸せな人が増える。姓の異なる夫婦や親子が楽しい家族をつくるのは、江戸時代の日本でも中国でも韓国でも当たり前で、これも誰も迷惑せず幸せな人が増える。家族の多様性を認めない政治家は、女性を明治時代の家父長的壬申《じんしん》戸籍の中に閉じ込めようとしているように見える。なぜなのだろうか？　私は、これが憲法改正に関わっているからだ、と考えている。

気になるのは、自民党憲法改正草案の中に新設するとされる第二四条だ。「家族は、社会の自然かつ基礎的な単位として、尊重される。家族は、互いに助け合わなければならない」。これは「前文」と呼応している。前文には「和を尊び、家族や社会全体が互いに助け合って国家を形成する」「日本国民は、良き伝統と我々の国家を末永く子孫に継承するため、ここに、この憲法を制定する」とある。

現行憲法が「個人」を基本にしていることに対し、自民党憲法改正草案は「家族」を国家や社会の基本にしている。多様性の回避と併せて考えてみるとこの家族像がよく分かる。同じ姓をもった「男」と「女」が子孫をつくり国家に奉仕する。そういう家族だけが「家族」だという考え方だ。女性はその家族イメージの中にしっかりと結びつけられる。

これらが昨今の眞子さんの結婚への攻撃や、上皇后さまや皇后さまに対しておこなわれてきたマスコミによる攻撃に関係あるように見える。極めて固定的な家族像を国家の基本に置くには、天皇家がそうでなくてはならない。天皇家とそこにつながる家族が「完璧」であるためには、女性が鍵となる。もし欠けるものがあるとしたら、それは女性のせいなのだ、と。

憲法改正については賛成も反対も個々の自由だが、その結果自分がどういう社会に暮らすことになるのか、私はよく理解したい。それで自民党の憲法改正草案を熟読した。個人ではなく「家族」を基本にした国家に暮らすことは、今まで女性に何をもたらしてきたか？

総議員の三分の二以上の賛成で憲法改正の発議ができるので、活発化するだろう。改正の手続きを定めた九六条をまず改正しようという可能性がある。現行憲法では総議員の三分の二以上の賛成によって国会が「発議」するのだが、自民党憲法改正草案では過半数の賛成を得たら国会が「議決」して国民の承認を得る。その承認は有効投票つまり投票した人の過半数の賛成を得ればよいことになっている。相当ハードルが低い。投票率が約五〇％であった場合、国民の二五％以上が承認すれば国民の承認を得たことになる。今後日本は、重要な決断を国民の約四分の一で行う国になるのか。

（'21・11・14）

別世で出会う多様

秋が深くなり冬がやってくると、首都圏でも木々の葉が、赤色と橙《だいだい》色の中間である赤朽葉《くちば》色や、枯《かれ》色などに変わり、緑も黄みを帯びてさまざまな色が混じり合う。歩くとかさかさと軽い音がする。葉の色は一枚として同じではない。なんと多様なのだろうと思い、『いのちを纏《まと》う』という本の中で出会った染織家の志村ふくみさんの言葉を想起した。それは「欅《けやき》には欅の鼠があるし、椋《むく》の木には椋の木の鼠がある」という言葉だった。

私はその言葉に出会った時に心底どきりとした。鼠色は江戸時代のとりわけ江戸の人々が好んだ色である。そこで「四十八茶百鼠」という言葉もある。鼠色を百種類も区別し使い分けるのはすごい、と思っていた。しかしその考えが間違っていたことに気づいたのだ。つまり、自然界においてはそもそも「同じ色」など存在しないのである。ではいったい何種類の色があるのか？　木々の個体ごとに色がある、ということになる。それを志村さんは別のところでこうも表現している。「ひとりひとりが違うものを主張しているはずです。根は根の主張をし、花びらは花びらの主張をし、蘇芳《すおう》は木の芯材の主張をしている。だからそれぞれの主張を生かさなければ、これはほんとうに出ないんです」と。

「出ない」とは染め色が出ない、という意味である。木それぞれだけでなく、一本の木の根も花も木の芯も異なるということを、それぞれを主語にしながら述べている。

私たちは気軽に「多様性」という言葉を使うが、そんな言葉では追いつかないくらい、この世は実に多様なのである。しかし私たちは「分類」をする。色名もつける。分類することをやめたら色を使うことすらできなくなる。そもそも「分ける」は「分かる」ことなので、分類しなければ人間の脳は理解することすらできない。そこで問題は、人間の多様性を社会にどう包摂するか、だ。人間もまた自然界の一部であり生き物である以上、木々と同じように個々が異なるのは当たり前だ。

その個人の中にも、複数の個が存在する。しかし組織や社会や自治体や国家や世界は、その「事実」を受け入れ包摂する「制度」を作ることなどできるだろうか？

　歴史学者で民俗学者の福田アジオさんは、江戸時代の村落を表現するのに「制度の村」「生活の村」という言葉を使った。制度の村とは、名主などの村方三役が自治のまとめ役をするシステムのことである。しかし毎日の生活は制度で動くわけではない。そこで講、結《ゆい》、組などを組んで働き毎日を生きていた。それを「生活の村」と表現した。近代であれば国家という大きな単位のみではなく、自治体やさらに小さな単位でものごとを独自に決めて動かす必要がある。たとえば東京都武蔵野市で話題になっている外国人の住民投票権の場合、意見を反映すべき事柄は「国」単位の事柄ではなく住民の日々の暮らしに関わることなので、国籍を問題にすること自体、的《まと》がはずれているように思う。企業は多くの外国人を必要としており、彼らは「住民」なのだ。

　制度や規則や社会規範をいくら厳しくしても、現実を生きる人間の多様性を排除することはできない。しかし完全に埒《らち》を開くこともできない。何らかの分類を受け入れつつ、そこからはみ出す自分や他者を抑圧することなしに、別世《べっよ》（現実とは異なる次元）で出会い、関わり、表現していきたい。


（'21・12・19）

封建時代か？

沖縄県名護市長選（二三日投開票）は、名護市辺野古の「新基地建設反対」を前面に掲げた岸本洋平氏の票を、賛否の明言を避けた現職の渡具知武豊氏の票が上回り、渡具知氏が当選した。

これは米軍普天間飛行場（同県宜野湾市）の辺野古への移設を市民が賛成した、ということなのだろうか？　それとも、何年先になるかわからず、地盤の問題が指摘されてそもそも完成するのかどうかもわからない飛行場より、コロナによる目の前の経済問題の方が喫緊の課題だ、という判断なのだろうか？　投票の数字だけが報道されるが、その背後にある「民意とは何か」という問題を、考えざるを得なかった。

なぜなら、今までいくら沖縄県民が反対しようと米軍基地の大半は沖縄にあり続けたからである。普天間の移転が約束されても、移転先もまた沖縄県内になった。県民がその事故や犯罪に苦しみ、コロナ拡大の源ともなっている米軍。その米軍を守る日米地位協定の改定すらも、市民、県民の要望は通らない。その明らかに不公平なあり方に異を唱えても、その声は届かないままである。自治体の選挙という方法では、沖縄は変わらないのではないか？　県民がそう思っても不思議ではない。しかし沖縄県は日本である。自治体の住民の意志がさまざまな方法で示されても国によって無視されるとしたら、それは日本全体の民主主義の危機ではないだろうか。

今年は沖縄の本土復帰五〇年の年である。沖縄は日本に憲法九条があることを頼りに、復帰の道を選んだ。しかしこの五〇年、米軍基地のありようはほとんど変わらなかった。それればかりか、八重山諸島には自衛隊基地が次々にできようとしている。市民に選択の余地がないのであれば、日本にとって自治体とはいったい何か？　自治体が国に忖度することなく、住民を犠牲にすることなく、住民にとって最も良い方法を選ぶことができないのであれば、自治体に存在理由はなくなる。自治体の長は政権与党の家来に成り下がる。主人と家臣の関係で組み立てられている制度は、封建制度である。

江戸時代は、そういう意味で封建制度の時代だった。大名はヨーロッパ中世のような意味での土地所有者ではなかったので正確に対応してはいないが、天皇・将軍・大名・家臣というヒエラルキーによって仕事が分配されているという意味では封建制度であった。しかしながら徳川家の領地でない限り、将軍は大名の政治と人事と経済政策を勝手に動かすことはできなかった。一方今は、国は交付金を使って自治体を思うように動かせるようになった。名護市も国から支給された「米軍再編交付金」で学校給食費、保育料、子ども医療費の無料化を進めてきたという。名護市民はそちらを選んだのだろうか。

江戸時代にそういうことができなかったのは国税がなかったからである。藩はそれぞれの収入で行政をおこない、徳川家がお金をばらまくことはあり得なかった。しかしよほどの理由があれば大名家を取りつぶすことはできたので、忖度は働いた。

今の日本を封建制度の江戸時代と比べることが可能、ということ自体に不吉なものを感じる。しかし明治維新は地方の藩士たちが成し遂げた。日本の歴史は古代からずっと、地方の人々がその創造的な力で変えてきた歴史でもあったのだ。

（'22・1・30）

直線の国境

アフリカの地図を見た時、国境が至る所で直線になっていることに心を痛める人は多いだろう。理由がわかっているからだ。

二月二一日の国連安全保障理事会におけるケニアのキマニ国連大使のスピーチが話題になっている。アフリカは植民地化され、民族や言語に関係なく勝手に国境を引かれてきた。「いまでも、アフリカのすべての国の国境の向こうに、歴史的、文化的、言語的に深く結ばれている同胞が暮らしている」と、キマニ氏は語った。しかし「民族や人種、宗教の同質性による国家を追求していれば、何十年も戦争を続けることになっていただろう」と。アフリカ人が国連のルールに従うことを選択したのは、もちろん、国境に満足しているからではなかった。「より偉大な何か」つまり平和を希求していたからだ。キマニ氏は最後に、同胞と一緒になりたいと思わない人はいないが、「そうした願望を力によって追い求めることを、ケニアは拒否する」と毅然《きぜん》として述べたという。人はこうありたい。人間としての格と、先進国か途上国かは関係がない。

他方でロシアのネベンジャ国連大使は、「われわれはウクライナやウクライナの国民と戦争を行っているのではなく、東部の国民を守るために特別な作戦を行っている」と言った。もしこれが本当なら、戦争の前にやるべきことがあった。中立的な調査団をつくって徹底的に調査し、そのような事実があれば国際的な問題にしていくことだ。虐殺は、国際的な協力体制がなければ止めることはできない。なぜそうしなかったのか？　戦争を仕掛ける側は常に「防衛」を言う。自国を守るため、同胞を守るため、と。ロシアは本気で虐殺を止めようとしたのか？　それとも戦争の口実に使うために放置したのか？

今度はアフリカの地図ではなくロシアの地図を見てみよう。世界一巨大な国だ。世界総陸地の約一一・五％を占める。アメリカ合衆国も中国もそれぞれ約六・五％であるから、ロシアは二つを合わせた面積に迫る。資源も豊かだ。地球温暖化が進めば有効活用できる陸地は格段と増えるだろう。希望のもてる地域だ。そんな国が、小さな隣国が欧州連合（EU）に帰属するのを恐れてソビエト連邦時代に戻ろうとするその行動を見ると、かつての帝国主義の亡霊を見るようでもあり、新自由主義的な際限のない欲望を見るようでもあり、非現実的な恐怖におびえているようにも見える。

国連憲章第二条には「領土保全」や「政治的独立」に対して、「武力による威嚇または武力の行使」を「自制すべきだ」とある。これを破ればむろん国連憲章違反となる。それだけではない。今、世界は多様性の容認と、多様な価値観が協力し合う包摂とに向かっている。その理由は地球温暖化の脅威だ。SDGsの一七の目標設定を実現不可能だと冷笑する知識人がいるが、持続可能な発展を実現する極めて具体的な指針である。「持続可能」とは、環境問題の解決だけではない。貧困や女性差別をなくすこと、教育の普及、戦争を起こさないことを含む。ただしそれは達成するための「方法」を示しているわけではない。方法はそれぞれが自分の立っている場所で考え実践するしかない。

国連憲章を無視する人やSDGsを冷笑する人たちは、直線の国境に耐えている人々に学ぶべきだ。

（'22・3・6）

もう一度近現代史

ＢＳ‐ＴＢＳの番組「関口宏のもう一度！近現代史」が三月で終了した。保阪正康氏と共に二年半にわたって展開した歴史番組である。「必ず年代順に語る」ことを基本に、最後の方は一回に三カ月から半年の歴史を対象に、詳細に語り尽くした。明治維新から戦後までの七七年の「近代」と、戦後から今日まで七七年の「現代」のうちの一九五二年までを、保阪氏の言葉で言うと「かみ砕いて、望遠鏡ではなく、顕微鏡で見ていこう」という方針でつくられていた。明治期をまとめた本と、大正から二・二六事件までをまとめた本も、すでに刊行されている。

まさに顕微鏡で見るように歴史をリアルに感じ取ることができたのは、お二人が単に解説しているのではなく、今起こっていることを報道するかのように、実感をこめて対話しながら進めてきたからだろう。

今、ウクライナ侵略に便乗して改憲の動きが活発化し、攻撃を含めた軍事の考えを公然と語る国会議員が出現している。そういう時、個々人が自ら判断するために必要なのは、歴史を知ることだ。

たとえば戦力の放棄を含めた日本国憲法は四七年五月三日に施行されたが、それから三年もたたない五〇年一月一日、マッカーサーは「日本国憲法は自己防衛の権利を否定せず」と明言した。時は、朝鮮戦争勃発前夜である。朝鮮戦争を契機に警察予備隊（後の自衛隊）が設置された。その後ジョン・フォスター・ダレス（国務長官）は吉田茂首相（当時）と会談するようになり、東西冷戦を背景に日本に再軍備を要請する。

さすがにマッカーサーは「自由世界が日本に求めることは軍事力であってはならない」と主張するが、吉田首相は二人の間に挟まれるかっこうになり、「将来五万人の保安隊で再軍備する」ことを約束せざるを得なくなった。その前提があって五二年四月二八日にサンフランシスコ平和条約が発効され、連合国軍総司令部（GHQ）が廃止され、米国による日本の間接統治が終わる。しかし同時に、今なお多くの問題を含んでいる日米行政（地位）協定が発効することになったのだ。

年代を追ってこの経緯を知ると、日本の軍備をその手から奪いながら、もう一方で東西冷戦とその代理戦争である朝鮮戦争に、日本を引き込もうとした米国の思惑が明確に見える。それは七〇年後の今日の世界情勢や、一部の国会議員たちの発言につながっている。「今の憲法は米国の押しつけ憲法だから、日本独自の憲法をつくろう」というのは全くの詭弁《きべん》である。冷戦時代に逆戻りしそうな昨今、米国のより強い要請に応えるべく、議員たちは策を練っているだけなのだ。安保法制もそういう理由だった。憲法改正への動きもそのためだろう。その忖度《そんたく》が彼らにどういう利益をもたらすのか、どういう取引があるのか知らない。しかし「日本を取り戻す」という言葉にだまされてはならない。

私は、国々や人々を敵と味方、あるいは右と左に分けて「どっちに付くのだ?」と問う発想には乗らないことにしている。民主主義の実現には、その種の問いは有害だ。ひとつひとつの事柄が戦争や暴力や圧政につながるかどうかを見極めようと思う。そのために歴史と今までの経緯を知ることは、大変重要なのだ。

（'22・4・10）

沖縄本土復帰五〇年に思う

今日は沖縄の本土復帰五〇周年の日である。しかし、喜ぶ気持ちになれない。沖縄の人々の復帰にかけた願いと希望を、本土の人間として裏切り続けた気がするからである。

その希望とは、憲法九条の思想を共有し基地のない沖縄を実現していく、という望みである。日本政府はそれどころか、五〇年もの間基地を沖縄に置き続け、さらに新しい基地造りに邁進《まいしん》し、南西諸島には自衛隊の拠点を造っている。「私は一度もその党に投票したことはない」と言ったところでむなしい。なぜなら軍備を前提とし、差別を軍備に利用する価値観を持った国の中で、自分自身は安全に毎日を過ごしているからである。その同じ価値観と差別とが、ロシアのウクライナ侵略の根底にもある。

沖縄の現状を座視してロシアを批判できるのか。自分自身に問うている。

問題は二つある。一つ目は沖縄県に対する差別的な対応である。二つ目は軍備、とりわけ核配備の方向に予算と努力が向き始めていることである。

一つ目を乗り越えるには、米軍基地を沖縄県外に一定の割合移動させることをまずは決定することだ。どうすればできるのか、ではなく「決断」こそ事態を変える。その上で補助金の提示を含めた場所の選定に入る。日米安保が必須だというのであれば、沖縄県を除く四六都道府県が自らのこととして考えねばならない。それは米国が決めることではなく日本が決めることだからだ。今まで沖縄に依存することで日米安保と日米地位協定、つまりは戦後の日本そのものに目を背けてきたのではないだろうか？これからも辺野古の脆弱《ぜいじゃく》な地盤に莫大《ばくだい》な税金を投入しながら依存し続けるのか？それとも新たな方法を模索するのか？

二つ目の軍備増強だが、それ自体がすでに外交の失敗である。平和が日本の理想だというのであれば、現実の政策はそちらを向くべきだ。外交能力を育てる教育、思想的な切磋琢磨《せっさたくま》、世界とりわけアジア各国の人々と実際に交流することで、多様性の実感を知の中に組み込むこと。それらこそ、実現すべきことだ。軍事に基地が必要であるように、外交力とその基礎となる知的能力を鍛えるには、拠点が必要になる。

ハワイには留学生を支援する「東西センター」があって、支援を受けた学生や研究者が各国からハワイに集まり、生活をともにしながら学んでいる。そのようなアジア太平洋地域のセンターを沖縄にもつくろうと、設立構想委員会が有志によって結成されている。目的は、アジア諸国から沖縄に集まって各大学・大学院で学び共に暮らすことで地域的民族的な感情を乗り越え、人権・福祉・労働・ジェンダーに対する意識改革を成し遂げることだ。沖縄は一四世紀からアジアで貿易を展開し中国にも毎年使節を送っていた。その沖縄の位置は軍備のためではなく、アジア諸国の交流と外交にこそふさわしい。主権とは何か、自治とは何か、外交とは何か。それを考える場所として、沖縄ほどふさわしい場所はない。

何よりも、本土の人々を含む多くの人が沖縄で長期間過ごし沖縄の実態を知ることが、日本とアジアの関係を熟知し、日米安保とは何かを実感するために、ぜひとも必要なのである。


（'22・5・15）

ユネスコ前文が示唆するもの

大津の三井寺で松岡正剛氏と、日本思想史、宗教史の研究者である末木文美士氏を中心とする仏教研究会が始まった。近江を拠点に日本を考えようという「近江ARS」という活動の一環であるが、この活動は、ひとりの女性が起業した「百間」という会社がおこなっている。古くからの「日本の方法」による学びの場を、新たな形にしていこうとする企業が生まれたのだ。

日本仏教の話が中心だとはいえ、やはりウクライナの話題は避けられない。戦争をどう考えるか、世界における宗教と思想の歴史の中で、戦争はどう捉えられてきたかも、話題になった。

その中で末木氏はユネスコ（国際連合教育科学文化機関）憲章前文を紹介なさった。

「戦争は人の心の中で生まれるものであるから、人の心の中に平和のとりでを築かなければならない」という一文である。戦争は領土問題や経済問題として捉えられがちなのだが、どちらもその種は心の中に生まれる、他者のものを奪うことで豊かになろうという欲望や、奪われたものを取り戻そうとする復讐心である。その背後では、軍需産業およびそこにつながる産業の思惑が人の心を操っている可能性も大きい。さらに国民が戦争に賛同する要因には、他の国民や民族に対する無知と偏見がある。そこで教育、科学、文化を通して平和を実現しようと、一九四五年にユネスコがつくられたのである。

多様な人間が人権と自由をもって生きていくために必要なのは、権力に執着する指導者や政権ではない。広い視野で世界と歴史を見ることのできる個人の自立した思想と、それを支える「知」である。まさに「人の心の中」なのだ。そこでユネスコは科学と文化だけでなく、教育の格差を無くす世界寺子屋運動も柱にしている。

私は「教育」という言葉をあまり好まず、「学ぶ」という言い方をしている。「論語」には「学びて思わざれば則《すなわ》ちくらし、思いて学ばされば則ちあやうし」という至《し》言《げん》がある。知識と自発的な思考は両方必須で、その両方があって初めて、人の心に知性が育つ。国がそのときの政権に都合の良い知識だけを「教育」するのであれば、心の中に平和のとりでを築くことはできない。教えられたことを疑い複数の視点を獲得することこそ知性であり、だからこそ学問には自由と自律が必須なのだ。

仏教研究会でユネスコ憲章の前文が取り上げられた理由は、近代の政治や経済が心の中の問題を切り捨て、技術と富の蓄積のみが人の幸福をつくり出すという幻想を持ったからである。その中でこの前文の意味は、取り落としてきたものの価値を指し示しているのだ。

紀元前から学問と議論は宗教も巻き込んで、政治や社会を考える上での基盤であった。人間にとって真に必要な価値観は何なのか、今はそれを考え議論する場が失われている。現政権は学問を軽視し、国の予算は軍事増強に使おうとしている。そのような国では、教育は戦争に都合の良い方向に向けられるであろう。

人々が社会の中に「学び」と「思考」と「議論」の場を、次々につくり出すしか方法はない。日本では寺子屋=私塾運動が、大人たちのためにこそ必要なのだ。

（'22・6・19）

国家・宗教・個人

思いがけない事件が起き、国家や個人にとって宗教とはいったい何なのか？　考えてしまった。

私はカトリックの中高で教育を受け、関心をもつようになって教会で公教要理を学んだ。しかし洗礼を受けなかった。「信仰とは何か」が最後までわからなかったからだ。自分の中に湧き起こった関心が知的好奇心なのか信仰なのか、判断がつかなかったのである。もし近づいた宗教が霊感宗教であって「寄進すれば救われますよ」とささやかれたとしたら、自分が求めていることは「救い」なのか、それが金銭で交換できることなのか？　とさらに考え込んでしまっただろう。宗教とは解決ではなく、自分の価値観が揺らぐ迷いと思考の始まりだからである。

そこから見ると、新聞等で目にした世界平和統一家庭連合（旧統一教会）の信者たちの行動は理解できないものだ。働き疲れた母子家庭の女性が宗教団体に多額の寄進をする。そこにある心理は、倍する幸運が戻ってくるかもしれない、という期待であろう。これは賭博の心理だ。幸運が訪れなければさらに投資する。そこでひとつ分かる。宗教は「見返り」を求める信者にとっては賭け事と同じなのである。しかし全てを失う。

別の事例も読んだ。母親が入信した。親への孝行だと思って自分も入信した。知らない男性と結婚させられ、暴力を受けて離婚した。それを繰り返した。この女性は二重の拘束を受けている。ひとつはその宗教によるものだが、もうひとつは家族幻想だ。母親と自分は異なる個人なので信仰が異なって当たり前だが、そう思えない。世界平和統一家庭連合は家族は一体である、という家族幻想を巧みに使った集金組織なのだ。自民党の考え方は、その家族イデオロギーに親和性がある。

古代では国家の形成に宗教は不可欠だった。六世紀、日本に仏教を伝えた百済からは仏典とともに漢字が入った。医学や暦学も入った。聖徳太子は四天王寺や法隆寺を建て、冠位と憲法を定める。漢字によって律令制度も戸籍も整えられた。万葉仮名が生み出され『古事記』『日本書紀』など、国家の基本となる歴史が編さんされた。そして鎮護国家のための東大寺大仏が造立される。その後江戸末期に至るまで天皇家と公家は仏教徒として多くの寺を支え、皇族たちを寺に送り出した。武家も菩提《ぼだい》寺を持ち、手厚く保護した。江戸時代は寺が行政を担い人々の戸籍を管理した。神々への信仰は仏教に習合されて八幡宮や神宮という形で存続し、寺と神社は同じ場所に栄えた。仏と神を分離して廃仏毀釈《はいぶつきしゃく》したのは、明治政府のさかしらである。

「倭」と呼ばれていた列島が「日本」という国になるにはこのように仏教の存在が不可欠だった。その過程で大量の仏典が整理されて学問となり、宗派間や他宗教と論争や習合が起き、思考力と議論の力を鍛えた。宗教は学問の基礎ではあっても、決して詐欺や金もうけの道具ではなかった。むしろ時代への批判勢力であり、新しい思考と技術の乗り物であった。宗教が権力に歩調を合わせ政治家がそこに擦り寄るならば、それはもはや単なる集金マシンである。政治家も集票マシンに成り下がる。

今や、個々の政治家が宗教にどういう姿勢をもっているのかを問うことも、民主主義国家として大事なことになった。

（'22・7・24）

哀悼イッセイ・ミヤケ

日本文化が、またひとつ後退した。それも大きな後退である。三宅一生が亡くなったのだ。

三宅一生は日本文化、とりわけ江戸庶民の生活圏に完成した最後の日本文化を、世界とつなげた。東南アジア、中東、南米、アフリカに至るまでの布や衣装と日本の布を出合わせ、それをもってパリとニューヨークに乗り出したのだ。一九七〇年代のことだった。「一枚の布」。それが一生の思想だった。

私が最初に着たイッセイは刺子ニットだ。厚手のカーディガンで文様は綿入り半纏《はんてん》風。刺子がしっかりした表情を作る。刺子をはじめ着物、帯、折り紙、刺青《いれずみ》、独楽《こま》などが発想のもとになった。独楽は回ると色が混ざる。独楽スカートは、裾に色とりどりの縞《しま》文様が入った長さが異なる四枚の布が動くにつれて表情を見せる。日本の独楽でありながら東南アジア各地の縞木綿の巻きスカート、南米、アフリカの衣装にも見えてくる。縞文様の普遍性が発見できるのだ。私もイッセイの縞の上着をもっている。襟ぐりが大きく、着物に見える。馬の手綱に使う文様を、着物様に仕立てたデザインもある。これは白洲正子の「こうげい」に置いてあった手綱がヒントになった。イッセイは学生時代に「こうげい」に出入りした。布を見ると胸が高鳴ったという。

イッセイの作品が最初に集大成されたのが『三宅一生の発想と展開――ISSEY MIYAKE East Meets West』（平凡社、一九七八年）である。そこで詩人の高橋睦郎は「彼にあって重要なものはヴァリエーションではなくて、原理である」と書いた。近代になると多くの創造者たちが欧米の価値観に頭を下げ、都度の流行に自分を合わせていった。そのなかで日常の着物は衰退し消滅の手前まで来た。そういう時代にイッセイは流行ではなく「不易」のまなざしをもって、和服と洋服と民族衣装の境目を毅《き》然《ぜん》と乗り越えていった。包丁で料理の素材を切って皿に盛るように、と彼は表現している。ハサミで生地を切って和と洋の定型を裁断し、世界のどこにでもあり、しかしどこにもない立体世界を、作り上げたのだった。

八八年に、後のPLEATS PLEASEを発表した。九〇年ごろ、私はイッセイの店舗の前でくぎ付けになった。一枚のプリーツに一目惚れしたのだ。それは黒い上下のプリーツで、下は半分がズボンで半分がスカートだった。その立体的造形には中東の砂漠の風が吹き抜け、何とも美しかった。それからは何枚も買うことになった。プリーツは着物の着付けと同じで、自分の身体《からだ》に合わせて着付ける。私は帯揚げ帯締めを使って着こなす。

先述した『三宅一生の発想と展開』に、刺青シャツを着てリオの海岸に座っている後ろ姿の三宅一生の写真がある。一見極道の若者だが、背中に描かれているのは撮影直前の七〇年に亡くなったジミ・ヘンドリックスとジャニス・ジョプリンだ。共感と追悼の刺青であった。

プリーツで着物が復興できないだろうか、と思っていた。着物とイッセイを別々にではなく「合わせて」着こなしたいとも、思っていた。しかし時が過ぎてしまった。私の哀悼の気持ちはどういう着方で表せるのか、それを考えている。

（'22・8・28）

拝啓・安倍晋三様

拝啓安倍晋三様。国葬が終わりました。おかげさまで国葬までに実に多くのことが分かり、またあなたさまの言動を改めて思い出すことになりました。

国葬は天皇陛下が自らの臣である政治家の功績をたたえることで国民を統合する目的でなされていました。その統合を政府と軍部が権力の集中に利用し、戦争に深入りしていったことは周知の通りです。今日あえてそれを行うその動機を、政治学者の片山杜秀氏は日本の歴史を踏まえた上で「将軍的欲望」と喝破しました。実に正確な表現です。なぜなら国葬は、それを実施した主体が権力のみならず権威をその身にまとおうとする行動だからです。その行為はまさに、あなたさまの生前の言動に直結しています。

ご自身の名前を冠する学校が建設されるのなら、国有地が安く売却されてもかまわなかったようです。国民のものであるはずの公文書も、ご自身の権力と権威を傷つけるものであるなら、書き換えるのは当然だったのですね。ご友人が望むなら国家戦略特区を都合する程度のことは当たり前で、支援者を増やすためなら宴会に税金を使うのも自然だったのでしょう。現行憲法を、天皇を元首にいただき軍隊を保有する戦前の憲法に逆戻りさせる改正草案は、将軍的欲望が日本の歴史上実施してきた制度設計そのものです。それさえやっておけば、権力も権威も軍事力の増強も思うがままなのです。

ところで、「こんな人たちに負けるわけにはいかない」と、国民に向かって叫んだあなたの目に、彼らは何に見えていたのでしょうか？　勝共連合との強い絆が明らかになった今、「こんな人たち」が全員「共産主義者」に見えていたのかもしれないと推測できます。終戦を知らずに森林で暮らした日本兵のように、冷戦の終結も共産主義国の経済政策の変化も「こんな人たち」が共産主義者などではなく、あなたの党の名称になっている「民主」主義を希求する「自由」主義者であることも、ご存じなかったのかもしれません。民主主義の根本である国会での議論も軽視しましたね。仕方ありません。あなたは家業を全うするために政治家になり、その努力の目的は国民のためではなく、共産主義者と戦って御祖父に褒めてもらうことだったのですから。

あなたと強い絆で結ばれていた宗教団体と同じく、あなたにとってもっとも大事なのは「先祖」だったのでしょう。あなたの党の方々の多くが、この宗教団体の支援を受けていらしたようです。もしかしたら古代日本の政治家がそうであったように、国葬という形であなたを称揚しなければ、党に不吉なことが起こるかもしれない、という恐怖感があったのかもしれません。

国葬の意味を歴史的に捉えた片山杜秀氏は、今が、真のファシズムが誕生する可能性のある「ファシズム前夜」だと指摘なさいました。日本の経済と地位が下がり続け、「強い将軍」を求める人々が出現する可能性があるからです。見せかけの強さは戦争への突入で演出することが可能です。

私は日本がその道に突進することに決して同調せず、考え続け言葉を発し続けます。二度と日本に将軍的欲望が横行することのないよう、憲法が求める「不断の努力」を続けようと思います。

（'22・10・2）

原子力市民委員会の提言

二〇一一年三月一一日の福島第一原子力発電所の事故は、その深刻さが最高度の7に分類された。「専門家」によって安全が保障されているはずのその「保障」がいかに信頼できないか、思い知った事故だった。

政府は直ちに脱原発と再生エネルギーへ方向転換すると思ったがその兆しはなかった。被災者の生活再建も滞っていた。その中で、「教訓を生かすためには、脱原発社会の建設という、もうひとつの道を歩む以外にない」と、市民が専門家と共に政策提言のための組織を立ち上げた。一三年のことだ。それが「原子力市民委員会」である。一九九五年に地震と津波による原発事故を予見した科学者、故・高木仁三郎氏が、亡くなる前に市民科学基金を残した。その助成活動の場でつながった市民、科学者、技術者、弁護士が中心になった。

事故当時、多くの人が核や原子力について改めて学び、自分の頭で考えた。そして気づいた。原子力委員会は市民のためではなく原子力関係者のための組織であり、政府とともに原子力政策を企画決定してきた。そして今後もそうであろう、と。ならば被災者の復興と脱原発と再生エネルギーの進展を実現するためには、市民が自ら考え、提言していかなくてはならない。

二〇一四年、原子力市民委員会は政策提言『原発ゼロ社会への道』を刊行した。原子力発電の「無責任と不可視の構造」を明らかにし、原発ゼロ社会実現のための詳細な行程を計画し、提言した文書だった。この提言は一七年にも出され、そして今年二二年、最新版が刊行された。

この提言は脱原発を叫ぶためのものではない。その長く厳しい道のりを極めて具体的に詳細につめた提言書だ。まず稼働中の原発を停止し廃止手続きに入る。「脱原子力基本計画」と「エネルギー転換基本計画」を定め、「脱原子力庁」をつくり、国会には進捗状況を評価する委員会を設置する。福島を見て分かるように、廃炉するだけでも危険かつ長期にわたり、廃炉後の放射性廃棄物の管理はさらに、超長期にわたる。

その間も、テロを含めて危険な存在であり続ける。厳密な管理と処分のために、「日本原子力廃止措置機関」を設立する。その管理方法も、データをもとに詳細に記述し提案している。

驚くべきことに、使用済み核燃料除染廃棄物や除去土壌も、いまだに再利用に固執し「資源」とされているという。原発への固執によって廃棄物は増え続け、世界中で開発が進んでいる太陽光を中心とした各種の再生エネルギーの開発は遅れてしまった。温暖化への対応も遅れる。そのなかで、岸田政権はさらに原発四方針（原発再稼働、原発寿命延長、原発新設、再処理等推進）を打ち出した。そして経済産業相の諮問機関「総合資源エネルギー調査会・原子力小委員会」の議論が始まった。委員は一六人。その中で脱原発を明確に主張するのは、原子力資料情報室の松久保肇氏ひとりだという。すでに方向は決まっていて、その方向へ結論が出るよう人選されているのではないか？　注視し、声を上げていく必要がある。

原発ゼロ社会への道を広くするのも狭くするのも、自分の頭で考えることのできる市民こそが、鍵を握っているのだ。

（'22・11・6）

マインドコントロール

自民・公明両党が今月二日、「敵基地攻撃能力」保有を正式合意した。今後、何が起こるのか？　攻撃される前に攻撃するには、その国のミサイル基地の動向を秒単位でわかっていなければならない。遠くにあるミサイルの照準を正確に把握し、発射点火を察知し、その基地を攻撃し、さらに反撃であったことを証明する。こんなこと、本当にできるのだろうか？　わずかなタイミングのずれで先制攻撃となる。反撃されたら日本は空爆の嵐だ。米国はおそらくそれを想定している。日本は米国の「盾」なのである。

今に始まったことではない。今年四月に自民党は防衛費について国内総生産（GDP）比二％以上という数字を打ち出した。防衛費倍増は以前より米国から要請されていた。二〇二一年の「日米共同声明」で軍事同盟の対象が「インド太平洋」となり、沖縄からフィリピンまでの第一列島線内に、中国の軍事力に耐え得る戦力が必要と考えた米国は、日本に地上配備型ミサイルを整備することにしたのだ。少しずつ実施されてきた南西諸島での自衛隊配備と新編成は二〇年から急激に進み、今や南西諸島に限らず九州や浜松、木更津にまで及んでいる。

一五年に安倍政権は安保関連法で、集団的自衛権行使を可能にした。この法律と今回合意された攻撃能力保有を合わせると、日本が攻撃されていなくとも、他国の戦争に攻撃側として加わることも可能になるのではないか。防衛政策は米国の望む方向に大きく動いたのである。盾であると同時に矛にもなることを期待され、その期待に応えたのだ。

戦後七七年間、日本人はずっと同じ道を歩んできた。「米国が望む道」だ。国には主権というものがあり、対外的にその主権によって自らのありようを決定し主張する。国民にも主権があって、国民はその国家のありようを判断し、個人としてそれを選び、投票する。民主主義国家としてそれをしてきたはずだった。

堀内勇作ダートマス大教授が日本人の選挙行動を一四年から調査分析した結果が

二一年に公表された。雇用政策、金融財政政策、原発再稼働、集団的自衛権、憲法改正など有権者にとって特に重要と思われる争点の政策を政党名を隠して選んでもらう。そうすると、必ずしも自民党の政策への賛同が多いわけではない。しかし自民党の政策パッケージだと提示したとたん、それを選択する確率が跳ね上がる。私たち日本の国民の多くは社会の現実と政党の政策を知り、その上で投票しているわけではなかった。考えることなく米国に従う自民党、考えることなく自民党に従う国民。そして旧統一教会に従う自民党と国民。

林香里東大教授が朝日新聞に「新興宗教と女性」という極めて興味深い論を寄稿した。教団の勧誘ターゲットは圧倒的に女性で、それは構造的な不平等によってさまざまな生きづらさを抱えている女性の受け皿になっているからだという。女性は長い間、社会の中で「女性はこうあらねばならない」という思い込みの中で生きてきた。その思い込みと弱みを利用して金を集めているのである。マインドコントロールという言葉は旧統一教会問題で使われ始め、再び使われている。しかしマインドコントロールの中で隷属してきたのは信者だけだったのだろうか？

（'22・12・11）

反戦準備

昨年暮れ、ジョン・レノンの「平和を我等《われら》に」を久々に耳にした。ベトナム戦争の反戦歌だったのだが、まさに今こそ歌うべき歌だと思った。反戦歌といっても決して攻撃的な歌ではない。原題はGive Peace A Chanceで、“All we are saying is give peace a chance”を繰り返す。「私たちが言っているのは平和にチャンスを与えてくれということだけなんだ」という意味だ。実に遠慮深い。とても戦争が終わりそうもない時に、せめて停戦を、と言い続けたくなる、その気持ちそのままだ。ただし、その後ろではジョンが〜主義だの〜革命だのごちゃごちゃ言うな、と強烈な皮肉を飛ばし続けている。理屈なんていいからとにかく戦争やめろ！　まさに今叫びたくなる言葉だ。

ジョン・レノンにはもう一つ、「イマジン」という反戦歌がある。これも思い出しておきたい。「そのために殺したり死んだりしなきゃならない、そんな国家なんていうものが無い世界を想像しようよ」というくだりは多くの人が知っていると思うが、それに「宗教も」という言葉が続く。今はそれが突き刺さる。

反戦とは何か。理屈ではなく、「戦争は嫌だ、やめろ」という叫びである。年が明けた時私は、日本人は今からその「叫び」の準備が必要なのではないか、と思った。「人間から獣がはい出している」。これはノーベル賞作家のスベトラーナ・アレクシエービッチさんがウクライナ侵攻について問われた時の言葉である。元旦の朝日新聞で目にした。対岸の火事ではない。

昨年の一二月二日、自民党は公明党と「敵基地攻撃能力」保有を正式合意した。やはり「宗教も」なのだ。軍事費の倍増、原発の継続新設も決まった。そして一二月六日、内閣府は「日本学術会議の在り方についての方針」を一方的に決定し公表した。学問とは中長期的視点で社会や人類や地球の将来を議論し社会に問うことがその役割だ。政治的意思決定とは異なる自律的な価値観と組織が必須である。今はそれを、政治的意思に従わせようとしている。

敵基地攻撃能力保有、軍事費の倍増、原発の継続と新設、そしてこの日本学術会議への介入は全て関連している。そしてこれらは、日本が戦時体制に入りつつある、ということを指し示している。さかのぼってみれば森友学園問題は、国有地を与えることによって教育勅語を教える学校を認可する意図であった。学問と教育と家庭を支配するのは、人の心を制御するファシズムの常套《じょうとう》手段である。

しかし平穏な正月を迎えた日本人には、戦時体制とは思えないかもしれない。そう思っているうちに、ある日それはやってくる。

日中戦争が「満州事変」という名で始まり、日米戦争が宣戦布告なしに真珠湾攻撃で始まり、ウクライナ戦争が「特別軍事作戦」という名で始まったように、戦争は突然始まり、その原因は一方的に相手にあるとされる。つまり「防衛のため」と言い続ける。

だから、反戦の準備をしよう。戦争の用意がどこでどうされているのか伝えるべきだろう。戦争が何をもたらすのか伝えることも必要だ。あとは歌で、短い言葉で、行動で、そしてやがて、一揆の日がやってくる。何より心の準備が必要だ。

（’23・1・15）

社会はどう変わってしまうのですか？

性的少数者や同性婚に対する差別発言で、首相秘書官の荒井勝喜《まさよし》氏が更迭された。しかしその際に荒井氏が発言した「社会が変わってしまう」という言葉は、岸田文雄首相自身の言葉であったことがわかった。

今から八年前の二〇一五年、国立大学で性的少数者の大学院生が転落死した。友人による「アウティング」という悪意による暴露が原因だった。総長在任中であった私は他大学のこととはいえ衝撃を受けた。法政大学が性的少数者を含む「ダイバーシティ宣言」を出したのは翌年のことである。その中に、「相違を個性として尊重」し「互いの立場や生き方、感じ方、考え方に耳を傾け、理解を深め合うこと」は「安心して創造的に、学び、働き、それぞれの個性を伸ばせる場である」ために必須だと書いた。

そこから見れば、秘書官が自分の感性だけを正しいものとして「見るのも嫌だ」という最大限の憎悪表現を使うような内閣は、日本を滅ぼすとしか思えない。

私は多様性についても講演をしてきた。その中で必ず使ったのが、東京新聞にも掲載された、同性婚法案を通した時のニュージーランドのモーリス・ウィリアムソン議員の演説である。演説の中の「明日も太陽は昇ります」「住宅ローンは増えません」「寝床にヒキガエルが入ってくることもありません」の三つを使い、「世界はそのままです」「この法案は影響のある人にとっては素晴らしいことであり、他の人にとっては何も変わらないのです」という言葉を紹介してきた。そう。選ばない人にとって、社会は「何も変わらない」のだ。誰も選択的夫婦別姓や同性婚を押し付けない。選びたい人だけが選ぶ。その結果、幸せな人が増える。政治はそのためにあるのではないのか？　岸田首相の言う「社会が変わってしまう」とは、どういう意味なのだろうか？

もしかしたら、と思ったのが代わりに言い訳をした松野官房長官の言葉である。

「親族の範囲に含まれる方の間にどのような権利義務関係を認めるかといった国民生

活の基本に関わる問題で、慎重な議論が必要」と説明した。意味不明だが理解の努力をしてみると、婚姻が「親族」の「権利義務関係」に関わる、という意味らしい。これだけですでに憲法二四条の「婚姻は、両性の合意のみに基づいて成立し」に違反している。結婚は二人が決めれば成り立つのであって家族親族他人が口を挟む権利はない、と憲法は断言している。しかしそれが気に入らない自民党は憲法改正草案で「のみ」を削った。そしてこの条項の前に「家族は、社会の自然かつ基礎的な単位として、尊重される」という、勝共連合と同じ文言を入れた。

岸田首相は価値観や家族観が変わってしまうとも言っているが、価値観や家族観は個々人の問題であって政府の関与するところではない。岸田さん、あなたに考えてもらわなくていい。他人の家族観、結婚観に執拗《しつよう》な関心を持つ人の隣に住むのは嫌だ。それこそ気持ちが悪い。

二月七日の朝日新聞は、日本人の海外永住者が過去最多となったと報道した。人口移動の中心は若い世代で、その六割超が女性だという。女性や同性愛者たちが日本を出て行き、少子化にはますます歯止めがかからなくなるかもしれない。

（'23・2・19）

「人権」再考

「人権」についてうまく教えられない教員がいると聞いた。むべなるかな。人権とは単なる言葉ではない。その背後にある人間の命を感じ取れなければ、人に伝えることはできない。しかしそれを伝えられないのは日本の危機である。なぜなら、人権は憲法の柱だからだ。

憲法はその前文に述べるように国政は「国民に由来」し福利は「国民がこれを享受する」のだが、このことは「人類普遍の原理であ」るとする。そして「全世界の国民が、ひとしく恐怖と欠乏から免かれ、平和のうちに生存する権利を有する」、と述べる。そして「いづれの国家も、自国のことのみに専念して他国を無視してはならない」のであって、その政治道徳を「普遍的なもの」である、としている。このように一国の憲法でありながら人類普遍の原理と、全世界の国民と、普遍的な政治道徳を前提にして書かれたのが現行憲法である。

それに対して二〇一二年に公開された自民党憲法改正草案の前文は「日本国」を主語とし、天皇を戴く国家であることを述べ、国民は家族と共に国を守るために存在すると位置付ける。その視野は世界や人類からはるかに後退し、狭く浅く硬く縮んでしまった。

とりわけ「人権」が現行憲法では極めて重要な位置を占める。「最高法規」の中に、基本的人権の由来と特質を述べた第九七条がある。「基本的人権は、人類の多年にわたる自由獲得の努力の成果であつて、これらの権利は、過去幾多の試練に堪へ、現在及び将来の国民に対し、侵すことのできない永久の権利として信託されたものである」という条文だ。自民党憲法改正草案は、この条文を抹消した。

現行憲法の「人権」には二つの側面がある。一つは、人はどこで生まれようと、誰もが生まれた瞬間から人権をもつ、という天賦人権説の側面である。もう一つは、その人権は「不断の努力」によって保持される、という考え方である。第九七条はその両面をよく表している。

「天賦」はキリスト教に由来する言葉で、天から授けられた命を、欲望と闘争の渦巻く過酷な社会の中で砦《とりで》のように守るのが人権である。したがって「個人」と密接に結びついている。天賦人権説は西欧の考え方だから採用しない、という意見を聞いたことがある。ではなぜ明治時代の自由民権主義者たちは積極的に使ったのだろうか？それは、人権の背後に、人の命を感じ取っていたからではないだろうか。

天賦の命は物理的な命だけではない。生命がこの世で啓《ひら》くあらゆる可能性のことだ。仏教ではそれを「仏性」と表現してきた。日本の国学は「なりゆく勢い」と言語化した。平塚らいてうは「潜める天才」と言った。「人権」とは単なる法律用語ではなく、社会においてそれらを守るための砦として、近現代に出現した理念なのである。

西欧の言葉だからと排斥すれば縮む。日本の言葉と繋げることによって、その向こう側に広がる広大な生命の可能性に触れることができるのだ。それに触れることができれば、ウィシュマさんのような外国人たちへの向き合い方は変わり、大量殺人たる戦争も軽々にはできないはずである。「人権」は仏性を持つあらゆる日本人たちのための思想なのだ。

（'23・3・26）

守ってやるぞ詐欺

『日本は本当に戦争に備えるのですか?』(大月書店)という、まさに「今」の問題を複数の人たちで論じた本が出された。その中で政治思想史が専門の岡野八代さんが、チャールズ・ティリーの著書の一部を紹介している。そこには「プロテクション ラケット(protection racket)」という言葉が出てくる。racketは恐喝、ゆすりなどの意味があるので「守りの恐喝」となる。ヤクザの世界の、あの「みかじめ料」のことも指しているという。岡野さんはそれを「守ってやるぞ詐欺」と訳した。つまりは「自分で脅威を作り出し、その脅威を減じてやるから金を出せ」という態度のことだ。例えば政府が市民を守ろうとしている脅威が架空のものであったり、実際には政府の活動が引き起こした結果であったりするならば、それは「守ってやるぞ詐欺」なのだ。そして「多くの政府は本質的にゆすり屋と同じことを行っている」と。

私が言っているのでも岡野さんが言っているのでもない。ティリーが、それも近代国家成立の歴史を論じる中で言っているのである。つい、今の日本の現政権の、「台湾有事」とやらの軍拡行動が脳裏に浮かんでしまうかもしれないが、そういう想像はご自由に。

その「みかじめ料」のことを江戸時代までは「年貢」と言った。「貢ぎ物」だから、使用目的や配分を国民的に議論したりはしない。年貢は、藩単位で集め、「守ってやるぞ」と言っている武士たちが給与として受け取った。そして実際に対外戦争も内戦も起こさないよう努力し日本を守った。ただし治世の基本は身分制度であり、諸藩には参勤交代を義務づけ、島原天草一揆ではキリシタンを、由井正雪の乱では浪人集団を、安政の大獄では反幕府の人々を、容赦なく弾圧した。こうなると「守ってやるぞ詐欺」の守る相手は誰なのかわからなくなるが、年貢を納める人、つまり農民たちであったろう。

一方、税金は貢ぎ物ではなく国民が自治体や政府に預けたお金だから、当然使用目的も配分も明らかにし、国会で議論もしなければならない。しかし内実が「みかじめ料」なら、なるほど議論しにくいだろう。

　ここで思い出すのは宗教団体だ。世界の終末時に天国に行かれるようにしてやるとか、先祖の恨みから守ってやるとか、地獄に行かないよう話をつけてやるなど、「守ってやるぞ詐欺」が幅を利かせる。暴力団が壊滅させられても政治党派や宗教団体がなくならないのは、ティリーによるとそこに「神聖さを帯びる力」があるからだという。つまりは「権威」だ。日本は長い間武家政権が続いたが、それが安定していたのは「将軍」職位が天皇によって与えられたからである。そこで、天皇を味方につけておくために各時代の幕府はあらゆる努力をした。戦前の日本においていくつもの戦争が常に天皇の名のもとに行われたことも、それと同じであった。軍部は天皇の権威をまとったのである。

　戦後は「選挙で勝つ」ことが権威となった。私たちは投票した党に権威を与えている。権威を得た党は国会の議論もなしにことを進めることさえある。本を読んで勉強し、情報を集め、熟慮して投票し、意見は常にはっきり表明する。それが「守ってやるぞ詐欺」に引っかからない、唯一の方法だろう。

（'23・4・30）

「女性支援法」まで一〇カ月

昨年五月「困難な問題を抱える女性への支援に関する法律」が成立した。来年四月に施行される。売春防止法制定後の施設は女性の「保護更生」を目的にしていた。女性を犯罪者のようにみなしたのだ。それは六〇年以上続いた。今回はようやく「女性の福祉」が目的になった。

この新法成立の背景には、民間の人々による活動があった。基本方針を述べた文書では、その活動が「困難な問題を抱える女性がいると想定される場所へ直接出向き、探し、声をかけ、問題解決を焦らずに根気強く信頼関係を築く中で支援につなげていくもの」であり、「幅広い年齢層の対象者の早期把握」が可能になったとしている。「支援対象者に寄り添い、つながり続ける支援を行うことは、女性たちとの信頼関係の構築にとって重要」とも述べている。その上でこれからも都道府県及び市町村は「当該団体の自主性を尊重し」「活動の中で築いてきたネットワークや支援手法などを最大限に活用」すべきだと、自治体に望んでいる。

売春の状況は防止法制定の時代から激変した。女性の多くが未成年で、今や高校生だけでなく中学生にまで広がっているという。家庭内暴力から逃れ、同じ境遇の子供たちがいる場所に集まる。そこに少女たちを目的にした男性たちがやって来て、食事や宿泊で助けるふりをし買春するのである。支援者たちはそうなる前に声をかけ、バス等を利用したカフェにともなって食事を出し話を聞き、必要なところに繋ぐ。その活動を先端で切り開いてきた「コラボ」が、男性たちによるさまざまな妨害にさらされたこと、その拡大を恐れた東京都が、妨害をやめさせるのではなく逆に支援活動の方を止めたことを、四月五日の東京新聞朝刊が正確に報道した。

都はこの活動を委託していた。その理由はコラボが女性支援新法に書かれている通り、女性に声をかけ、根気強く信頼関係を築く方法を構築していたからだった。委託とは「委《ゆだ》ねて託す」意味である。託した以上、その実行を支えるのが自治体の仕事である。東京新聞記事は「都が妨害者の暴力に屈したとしか思えない」と書いている。

今後も自治体が面倒を避けるためにだけ行動したら、新法は空洞化するだろう。

日本に公認の遊郭が現れてから約四〇〇年もの間、膨大な数の女性が「借金のかた」として働かされた。女性たちが望む仕事であれば給金を払えばよい。しかし限られた仕事しかない中で、自分と家族が生きるために金を借りるしかない女性たちがいる。その弱みにつけ込んで働かせるのが売春業者である。遊女たちの多くは就業時に未成年であった。

組織としての遊郭は海外から批判され、明治政府によって禁止された。しかしやめた後の生活支援も新しい仕事への道も示されないまま、「貸座敷」と名を変え、遊女たちが自主的に、自己責任で座敷を借りて商売をしているように見せかけたのである。何も変わらなかった。

今はＪＫ（女子高生）ビジネスと銘打って、あたかも売春ではないかのように装い売春に導く。果ては「自分で望んでいる」かのような言説を広める。また「自己責任論」だ。四〇〇年の歴史がそのまま繰り返されている。新しい法律の施行に向かういま買春が児童虐待でもあることを、多くの人に知っていただきたい。

（'23・6・4）

差別増進法施行

ＬＧＢＴＱ（性的少数者）理解増進法が六月二三日に施行された。ひどい修正がなされた結果、差別を助長してしまった。これは「差別増進法」と表現するしかない。「不当な差別」という言葉で「不当でない差別」があるかのように思わせ、「全ての国民が安心して生活できるよう留意する」という言葉で当事者たちを不安の原因のように扱い、「家庭および地域住民その他の関係者の協力を得つつ」という言葉で教育現場に圧力をかけた。

問題は与党議員たちの想像力の欠如である。六月二三日の朝日新聞に掲載された仲岡しゅんさんの寄稿が、その欠如を補ってくれる。トランスジェンダーというのは「長い時間をかけ、その人の性別のあり方を根本的に切り替えていく」作業だという。

性を越境していく中で、その当事者が「さまざまなことに折り合いをつけながら、自分にふさわしい場を使いながら生きて」行くことなのである、と。心から納得した。「さまざまなことに折り合いをつけながら」なんとか生きて行くのは、まさにマイノリティーの生き方である。それは、外国人、女性、障がい者、高齢者など、全てのマイノリティーに共通している。女性なら、当然自分の経験から想像できるだろうと思っていた。

ところがこの修正案が通った日、某女性議員は「区別が必要だ」と言った。女性たちは「差別ではなくて区別だ」と言いくるめられながら、仕方なしに「さまざまなことに折り合いをつけ」て生きてきたのではなかったか。女性こそ自分の経験から、社会のあらゆるマイノリティーに寄り添うことができるはずだ。しかしそれが最も求められる国会議員に、その意思のない女性がいるのはどうしたことだろう？

人間は、いや他の生物も同様らしいが、男女に単純に「区別」はできない、という現実を私たちは知った。だからその現実と共に生きようとしている。にもかかわらず今さら「区別」と言うのは、現実を無視したい、と言っているのと同じだ。

彼らが言いつのる滑稽な事例で言えば、もし男性が堂々と女性トイレや女湯に入って悪事を働いたら、それは「自分にふさわしい場を使いながら」「折り合いをつけて生きてきた性的少数者であるはずはなく、ただの男の犯罪者に違いないから、罰すればよいだけのことだ。法律は、悪事を働いた者を罰する。悪事を働くかもしれない者や悪事を誘発するかもしれない者を勝手に想像することこそ「差別」なのである。個人はさまざまな要素を持った総合的人格である。そこから性や出自や欠損のみを取り出して攻撃したり消費するのは全て差別であるから、女性差別、性的少数者への差別、部落差別、外国人差別、障がい者差別は、同じなのだ。そして「差別したい人」は一瞬の優越感を手に入れるために、あらゆる差別をする。

そういう社会を乗り越えるためには、最初の法案にあった「差別は許されない」という言葉が必須であり、差別した者は罰せられる法律が必要なのである。

同性婚を法制化し、この差別増進法は撤廃すべきだ。同性愛を当たり前のものとしていた江戸時代末までの日本人が現代をみたら、「これは日本ではない」と青ざめるだろう。

（'23・7・9）

事実を伝えてほしい

「強者には従うというだけなら報道機関はいらない」――。これは東京新聞七月二四日朝刊に掲載された、喜田村洋一弁護士の言葉である。

喜田村氏は、二〇〇四年に判決が確定した『週刊文春』へのジャニー喜多川氏からの名誉毀損《きそん》訴訟の際の、文春側の弁護士だった。東京高裁で「記事の主要部分は真実性の要件を満たしている」という判決が出て、ジャニー喜多川氏の最高裁への上告は棄却された。つまり加害の事実が認められたのだ。もう二〇年近く前のことである。しかし報道機関が取り上げることがないまま事務所は何も対策せず、加害は続いた。

「台湾有事という言葉を知っていますか?」「知りません」。これは、沖縄県の宮古島に遊びにきていた若者にテレビの取材者が聞いた時のやりとりである。仰天した。

軍拡費四三兆円も、南西諸島への自衛隊配備も知らない。若者はテレビを見ず新聞を読まないからだ、と若者の責任に転嫁する気はない。本人だけの責任ではないように思う。主要報道機関が盛んに伝えることは、インターネットニュースも取り上げないわけにはいかないからだ。集団的自衛権行使容認も敵基地攻撃能力の保有と予算決定も、その決定の是非を巡る議論も、テレビ放送や新聞で毎日のように報道すべきことだが、されてこなかったのではないか。

現場でそれを体験した元経産省官僚の古賀茂明氏によると、その傾向が極端になったのは第二次安倍政権の二〇一五年ごろだったという。新聞や報道の企業トップから記者に至るまで政権に忖度《そんたく》し、ディレクターや出演者が降板した。その著書『分断と凋落の日本』(日刊現代)には、報道が伝えてこなかった日本の現実がデータとともに示されている。その中には、日本はあと三年ほどで経済破綻するだろう、と官僚が語る場面もある。

データをどう読むか、責任はどこにあるのかは諸説あって良い。しかし事実を知らなければ、議論も投票も軌道修正もできない。軌道修正しなければ、経済破綻も戦争への突入も、すぐ目の前に迫る可能性がある。知りたいのは政治家のお題目ではない。

実際の行動や決定が公正か、閣議決定がどう作用するか、司法は国民の側に立っているか、日本経済のかじ取りは今のままで良いのか等々、報道によって判断しなければならないことが山とあるのだ。

とりわけ「台湾有事」という名で政府が可能性を示している戦争については、国民が自ら考えなくてはならない事柄がある。自分たちの生命と生活についてだ。最優先事項は戦争回避の努力だが、果たしてなされているのだろうか？　日本が戦場になった時の、あるいは原発施設が攻撃された時の避難方法と避難場所は、設計されているのか？　戦時の日常を想像できない人が戦争に容易に賛同する。報道機関は「人が生きる」その足元に立って、国民の想像力を喚起し、問題を提起してほしい。

九月一六日から公開される「燃えあがる女性記者たち」の試写を見た。インドの最下層のカーストに属する女性たちがインターネットで報道し続けるドキュメンタリーだ。足で歩きスマホで取材して発信し続けるその独自ニュースは、瞬く間にインド中に広がった。報道こそ未来の可能性を開く。自らを差別から救う。その力をあらためて痛感した。

（'23・8・13）

廃炉の現実に向き合う

「汚染処理水って世界中で海に放出されているんでしょ。それなら日本が放出してもいいんじゃない？」「デブリなんか早く取り出して片付けてしまえばいいのに」

これらはよくある考えらしい。第一の問いについてだが、福島第一原発の汚染水は大量の冷却水や地下水が事故後の核燃料に直接触れたもので、通常の冷却水とは全く異なる。処理したとはいえ、事故後の水を海に意図的に流した事例は世界初なのである。その溶融した核燃料などが固まったデブリが、福島第一原発には約八八〇トンある。一度に取り出せる量はスプーン一杯程度だそうだ。全て取り出すまでには果てしない時間がかかる。しかしその取り出したデブリはいったいどこに置くのか？　結局また閉じ込めるなら、そのまま封じ込めて放射性物質の減少を待った方が、ましではないか？

原子力市民委員会（ＣＣＮＥ）は海洋放出に代わる案を提起してきた。事故以来すでに多くの汚染水が海に流れ出ている。これ以上流すのはリスクが大きいからである。第一案はモルタル固化で、第二案は大型タンク保管。どちらも海洋流出せず、時間をかけて減少を待つことができる。モルタル固化はすでにアメリカで実施されている。しかし日本政府は海洋放出を選んだ。国際原子力機関（ＩＡＥＡ）には海洋放出決定後にそれのみの安全性を問うた。だからＩＡＥＡの報告書には「その政策を推奨したり支持したりするものではない」とある。

ＣＣＮＥは今後についても、「デブリを取り出す」という廃炉案とは異なる提案をしている。想像を絶する時間がかかり危険を伴い、置き場所にも困るようなデブリ取り出しをやめ、空冷化を実施したうえで長期遮蔽《しゃへい》管理をする、という案である。広域遮蔽壁を築き、地下水の流入を止めるのだ。

これら危険を回避する方法が提案されているにもかかわらず、海洋放出がなされデブリの取り出しが予定されているのはなぜか。その向こうに「復興」という言葉が見え隠れする。汚染水のタンクが目の前からなくなる。デブリが隠されて見えなくなる。

そして、事故は忘却される。そんな計画が進んではいないだろうか。3・11を忘れ、原発安全神話が復活し、さらに原発に依存する生活が続く。それでいいのだろうか？

先ごろ起こった中国の海産物輸入禁止に対し、メディアを先頭に人々が非難に燃えている。輸入禁止は「事故を起こした当事国」が「被害国」であるかのような気分になる機会となったのだ。しかしこれは巧妙かつ典型的な論点ずらしである。かつて沖縄密約が、その情報受け渡しの際の男女の不倫への非難にずらされたことを、私は思い出した。重要な問題であればあるほど、私は「論点ずらし」のわなにはまらないよう気をつけている。

今私たちが取り組まねばならないのは、廃炉までのプロセスが地元の人々、日本人全体、そして周辺諸国の人々にとって納得できるよう、方法を練り上げることだ。その際に最も大切なのは、双方向のコミュニケーションである。この問題に完璧な解決策などない。だからこそ「最もましな」方法を、専門家とともに多くの市民が納得できるまで話し合い、妥協点を見つけねばならないのである。廃炉の現実とは、それほど真剣に向き合うべき事柄なのだ。

（'23・9・17）

会見規制事件

今日の午後「平和を求め軍拡を許さない女たちの会」のシンポジウムが東京・神保町の専修大学で開催される。反戦活動への思いはすでに本コラムで書いた。この会は、昨年一二月に閣議決定された安保三文書が敵基地攻撃能力と四三兆円規模の軍拡を表明したことで、多くの女性たちが危機感を持ち、明けて一月に結成されたのである。二月には複数の地域で同時に記者会見を行い、正式に発足した。この会の主張は戦争回避にこそ尽力し、四三兆円規模の軍拡を中止して、それを困難を抱えている人々が生きていくために使うことである。

今回は古賀茂明さんを講師にお迎えする。日本の凋落《ちょうらく》と暴走に警告を発し続けておられるからだが、私自身はもう一つ大きな懸念事項があって、それも議論したいと思っている。それは報道規制だ。

一〇月二日に開催されたジャニーズの記者会見で「NGリスト」が作られ、実際にそのリストにある記者五人が指名されないという「会見規制事件」が起きた。八日のTBSサンデーモーニングは、鈴木エイト氏と元朝日新聞記者でArc Times編集長の尾形聡彦氏がNGリストに載っていたことを明らかにした。一方の指名候補リストの中にTBS記者がいたことも示した。コメンテーターの一人は「御しやすい人が指名候補になったのでしょう」と皮肉。確かに私が知っている限りNGリストに載っているのは鋭い追及と報道をする記者たちだ。そしてもう一点、テレビではなくネットニュースの関係者たちなのである。ネットニュースの影響力が急増していることが、こういうところでわかる。

あることを思い出した。首相による学術会議任命拒否である。これは内閣で作られたNGリストだ。権力や金を握っている者が、反対しそうな者たちを自分に従わせ、思う通りに事を運ぶために邪魔者を排除する。NGリストはそのために作る。学術会議は、政策を決定する上で必須の研究を網羅する機関だ。それを力で制御することは国民を制御することにつながる。今回の会見規制は、最たる人権侵害である性加害を徹底的に追及し二度と起こらないようにするための、極めて厳しい現場で起きた。これをいいかげんに見過ごすなら、被害を受けるのは国民である。なぜなら会見規制を許してしまえば、今後人権侵犯が起こった時、人々は問題の核心に近づくことができなくなるからだ。もし政治家の記者会見で平然とNGリストが作られるようになれば、有事の際の戦争報道はどうなるのだろうか？　会見規制や報道規制は、深刻な事態を招く。

リストがすぐ外に出たことも気になる。企業イメージをさらに落とすリスクの高いものだという緊張感があれば、決して外に見えるような扱いはしない。ましてや紙に印刷したりはしない。これほど緊張感がないことから見えてくるのは、マスコミはどうにでもなる、というおごりだ。記者や芸能リポーターの一部には、航空券やホテル代や贈り物などが与えられるケースがあるという。政治家も記者たちを集めて会食する。彼らの間にはどういう関係があるのか大変気になる。贈与と忖度《そんたく》の関係が日常化されれば報道は死ぬ。まともな報道が死ねば、社会は崩壊する。シンポジウムでは報道のあり方をどう考えるかも、議論したい。

（'23・10・22）

公金とコスプレ

一一月一七日の東京新聞「本音のコラム」で北丸雄二さんが、劇団員が亡くなった宝塚歌劇団の会見の「軽さ」と、劇団員の自死の事実の「重さ」の不均衡を指摘していた。SNS上の誹謗《ひぼう》中傷に見える言葉の軽さと、ジャニーズ性加害事件被害者の自死の重さも同様だ。この不均衡は近ごろ、至る所に見られる。

某自民党議員がフェイスブックに「チマ・チョゴリやアイヌの民族衣装のコスプレおばさん」と投稿し、札幌と大阪の法務局が人権侵犯と認定した。さらにアイヌ政策関連予算について会計不正があると主張し「公金チューチュー」と揶揄《やゆ》した。この議員は日本学術振興会の科学研究費助成を受けたフェミニズム研究を誹謗中傷し、それが「名誉毀損《きそん》にあたる」という判決も受けている。

　これらは「差別問題」とされている。ヘイトスピーチ解消法やアイヌ施策推進法に反しているのだから、確かに差別だ。しかしこの議員に差別思想はあるのか？　思想という言葉の重さと言動の軽さの間には、気の遠くなるような深い溝がある。法務省が「特権ではない」と明言した事柄を「在日特権」と表現した差別も同じ構図なのだが、しかしこの公金・コスプレ表現には「差別思想」どころか、思想の「し」の字も見当たらない。だからこそ、怖い。ちなみに、あえてこの議員の名前を挙げないのは「自民党議員」というくくりで十分だからである。この議員を問題視しない自民党では、他の議員たちも同じ感覚を持っている、とみなすことができる。

　「公金チューチュー」という言葉は、これより前に使われていた。若年女性の支援をしている「コラボ」への攻撃だ。その攻撃に加担した人物のインタビューが公開された。彼は攻撃を率いたリーダーを巨大な公金不正組織と闘っている英雄だと思いこみ、彼のために多額の寄付金を集めた。そのリーダーは全ての責任を負って闘ってくれている「戦車」だったからだという。自分たちフォロワーを守り「さあ、お前ら攻撃しろ」と言ってくれる。その戦車は絶対正義であり、その闘いに参加し、リーダーの喜ぶ情報を集めて褒めてもらうのが、この上ない快楽だったという。これは「戦争ごっこ」だ。

コラボにもアイヌ政策関連予算にも公金不正はなかった。証拠も根拠もなく「悪」を作り上げて自らを正義とするのは、典型的な陰謀論詐欺である。「チューチュー」「コスプレ」等の言葉で生身の人間の存在の重さや深さ、事実に向かう真摯《しんし》をことごとくゲーム感覚の「軽さ」に変換する。そうやって快感を与え、その快感で称賛者たちを集め、従わせ、彼らを集金装置や集票装置にするのだ。この自民党議員がよく使うおはこが「生産性」である。相模原の障害者施設で一九人を刺殺したとして死刑判決が確定した植松聖死刑囚も、優生思想や障害者を殺害したナチスの思想を知らなかったが「生産性のない人間は生きる価値がない」と言い放った。生産性とは何か自分の頭では考えず、殺人を生産性に貢献する「正義」と思い込んだ。数値と競争のみで人間を測る社会が、その思い込みを生んだのだ。

イスラエルはガザで多くの人間を殺している。そのユダヤ人たちも膨大な人数が殺された。日本には、政治家を含め、人間への想像力を欠いた誹謗中傷を快楽とし、人の命と心を日々殺している人々がいる。

（'23・11・26）

「酷」の一年

「今年の漢字は『酷』よね？」「そうそう絶対『酷』だ」と、数人で盛り上がった。集票結果は「税」だったのだが、しかしやはり私のこの一年に抱く感慨は「酷」である。

まずは酷暑。日本の夏の平均気温は過去一二五年で最も高かった。一～一〇月の地球の平均気温も、産業革命前に比べて一・四三度高かった。パリ協定は気温上昇を一・五度に抑えることを努力目標に掲げている。危険な状態に入ったのだ。漁業も農業も多くの地域で変化している。酷暑は一時的なものではなく、一層の地球沸騰化に向かう兆しであり、人類や地球の存亡にかかわる。今年は地球にとっても「酷」の年だったのだ。

次に二つの戦争だ。ウクライナでの戦争に終わりが見えず、多くの人々が停戦を望んでいる中、イスラエルがパレスチナ自治区ガザで前代未聞の数の市民を殺している。日々、酷《むご》い状況が映像を通して流れてくる。この戦争も終わりが見えない。私たちは現地のジャーナリストや医療関係者から情報を得る。戦争の実態を具体的に実感するために、戦争報道は極めて重要なのである。

しかし、その「酷」の状態を横目で見ながら、日本政府はひたすら軍需産業を拡大している。

もう過去のことのように思えるが、やはり今年起こったのがジャニーズ性加害問題である。約七〇年間にわたって数えきれない少年たちに行われた、前代未聞の酷い人権侵害だった。長く隠蔽《いんぺい》されてきたこの問題を日本の報道機関がようやく取り上げたのは、英BBC放送のジャーナリストの丹念な調査の結果だった。

このように、調査によって知り得た事実を、根拠を示して報道することを「調査報道」という。国際調査報道ジャーナリスト連合が二〇一六年に公表した、タックスヘイブン（租税回避地）の実態を伝えるパナマ文書で、調査報道が知られるようになった。報道の基本は調査報道なのである。日本の多くの報道機関が行っているのは、発表されたことをそのまま報道する発表報道だ。しかも記者会見で鋭い質問を執拗《しつよう》に投げかけるのは、望月衣塑子記者のようなごく一部の記者にとどまる。それでも「こちら特報部」を持つ東京新聞など、調査報道に力を入れる記者たちを支える新聞があるのは救われる。

年末になって次々と明らかになってきた自民党派閥パーティー券を巡る裏金も、酷い問題だ。こちらも、政党交付金が導入されて約三〇年、誰も気づかなかったが、一年以上前、昨年一一月六日の「しんぶん赤旗」がスクープした。このとき、他の報道機関はほとんど取り上げなかった。しかしその調査結果を見た神戸学院大学の上脇博之教授は「これはすごい」と仰天した、と「Arc Times」で語っている。大変な手間のかかる調査をやり遂げたことに驚いたのだ。そしてその調査をもとに、上脇教授は政治資金規正法違反（不記載）容疑で東京地検に刑事告発した。それをもとに特捜部が動いたことで、他のメディアはようやく報道を始めたのである。

酷いニュースが多い中で、ジャーナリストの調査と市民の告発の連携が政治家の不正を追い詰めたことには、希望が持てる。私たち市民は一層、ジャーナリストと深く連携していかねばならない。そう思うと、ようやく年を越せる気がしてくる。

（'23・12・31）

あとがき

毎日新聞の週連載「江戸から見ると」は八年続き、二〇二三年三月末で完結した。その連載中の二一年八月に、東京新聞の月一回の連載「時代を読む」が始まり、現在も継続している。本書には入っていないが、さらに二三年一〇月から、信濃毎日新聞の「今日《こんにち》の視角」の週連載が始まっている。

本書を眺め渡すと、二〇二二年から二三年の二年間が、改めて見えてくる。この二年間は「戦争」と「戦争準備」の二年だった。二二年にウクライナ戦争が勃発し、二三年にイスラエルによるガザ侵攻が始まり、その両方ともまだ終わっていない。凄まじい現場が今でも日々、世界に開示されている。両方の戦争に深く関わるアメリカは世界から孤立し始めているが、自民党政権はそのアメリカと一層絆を強くしながら、二二年末に国家安全保障戦略・国家防衛戦略・防衛力整備計画（安保三文書）を作成して軍事費の倍増を閣議決定した。

また二〇二二年は、安倍晋三元首相が銃殺され、そこから自民党と旧統一協会との、戦後から続く長い関係が暴露された。さらに二三年末には、パーティー券の販売とそれによる裏金作りの実態が調査されつつある。今に始まったことではない。日本の戦後社会はずっと、そのような政治家たちによって営まれてきたのだった。ちなみに本書の「まえがき」にも書いた言葉の問題は、この事件でも痛感した。「キックバック」だ。これは報道では「還流」とされているが、英和辞典には「賄賂」とも書かれている。軽い言葉は、事態を軽く見せるために使われ続けているのだ。

私の生活も大きく変わった。総長を務めながら数年にわたって認知症が進んでいく母の在宅介護をしていた。総長を退任してからもそれが続いた。それが大きく変わったのが二〇二二年一月八日である。本書のコラムには、その日、ベルリンの芸術アカデミーとリモートでつないで、江戸時代をテーマにしたシンポジウム「Re EDOcate Me!」を開催したことを書いている。時差があるので、シンポジウムが終わったのは深夜だった。帰宅すると母は転んで身動きが取れなくなっていた。骨折していたのだ。

救急車で病院に運んだ。入院は数ヵ月に及び、その後施設に入った。今でも施設にはたびたび通っているが、私の生活も考え方も大きく変化した。

自分のケアを自分ですることができないだけでなく、人生のほとんどの出来事を忘却していく母は、未来の自分である。日々おこなっている講演も執筆も読書も旅も多くの方々との交流も、さほど遠くない未来に全て忘れてしまう可能性がある。死は必ず訪れる。そう思ってはいたが、それだけではなかった。死の到来が遅ければ、その前に忘却が訪れる。いつの間にか、写真を撮らなくなっていた。撮ったとしても、その意味がわからなくなることに気づいたのだ。

今この時を生きる。それに尽きる。


ところで、昨年刊行した『女だろ！――江戸から見ると』の末尾は、芭蕉の句で締め括った。慣れ親しんだ大好きな句である。「死にもせぬ旅寝の果てよ秋の暮」である。今回は何で締め括ろうかとそこを読み直したら、誤字に気づいた。「死にもせぬ」が「死しもせぬ」となっているのである。何度も校正したはずだった。そうか。私もそろそろ、かもしれない。そう思って、死ぬこともできずに旅を続けた最後に見える景色を、今度は挙げることにした。

落葉はふだん地面に落ちているものを眺める。しかし空を仰いだら、まだ落ちていない紅葉した葉がかろうじて枝に繋がっている。武家出身のこの俳人は、それを見て思ったのだろう。明日は地面に落ちている、と。自分自身を見るように。

二〇二四年一月七日　小寒

あふむいて眺むるあすの落葉かな（横井也有）

田中優子

本書のI・IIは、『毎日新聞』で連載されたコラム「田中優子の江戸から見ると」の2022年1月から2023年3月(最終回)までをもとに加筆修正しました。

IIIは、『東京新聞』で連載されているコラム「時代を読む」の2021年8月から2023年12月までをもとに加筆修正しました。

田中優子（たなか・ゆうこ）
1952(昭和27)年神奈川県生まれ。江戸文化研究者。法政大学名誉教授。同大学江戸東京研究センター特任教授。法政大学文学部卒業、同大学院人文科学研究科博士課程満期退学。法政大学社会学部教授、社会学部長、同大学第19代総長を歴任。『江戸の想像力』で1986年度芸術選奨文部大臣新人賞（評論その他部門）を受賞、『江戸百夢』で2000年度芸術選奨文部科学大臣賞（評論その他部門）と2001年サントリー学芸賞（芸術・文学部門）を受賞。2005年紫綬褒章受章。『毎日新聞』紙上で連載されたコラム「田中優子の江戸から見ると」の2015年〜2017年を『江戸から見ると 1』、2018年〜2019年を『江戸から見ると 2』、2020年〜2021年を『女だろ！――江戸から見ると』として、いずれも青土社より刊行。

言葉《ことば》は選《えら》ぶためにある　――江戸《えど》から見《み》ると

2024年2月15日　第1刷印刷
2024年2月25日　第1刷発行

著　者　田中優子《たなかゆうこ》

発行者　清水一人
発行所　青土社
〒101-0051　東京都千代田区神田神保町1-29　市瀬ビル
電話　03-3291-9831（編集部）　03-3294-7829（営業部）
振替　00190-7-192955

印　刷　双文社印刷
製　本　双文社印刷

装　幀　木下 悠

ISBN978-4-7917-7630-6